Parlons cash

Direction de la publication : Isabelle Jeuge-Maynart et Ghislaine Stora
Direction éditoriale : Élodie Bourdon
Édition : Mélissa Lagrange
Conception de la couverture et de la maquette intérieure : Valentine Antenni
Mise en pages : Nord Compo
Préparation de copie : Muriel Villebrun
Relecture : Nord Compo
Fabrication : Nicolas Jover

ISBN : 978-2-03-600860-1

Nadia Richard

Parlons cash

LES RÉPONSES À TOUTES LES QUESTIONS
QUE TU TE POSES SUR LE SEXE !

LAROUSSE

À mon petit Rocky, puissent ces mots t'accompagner,
t'aider, t'apaiser et te guider le moment venu.

« Ô mon enfant ! Sais-tu les rêves de ces femmes qui te disent de ne pas rêver ? Sais-tu quel nom elles murmurent quand les sanglots qui sortent de leurs lèvres font trembler l'hostie qu'on leur présente ? Elles qui s'assoient près de toi avec leurs têtes branlantes pour verser dans ton oreille leur vieillesse flétrie, elles qui sonnent dans les ruines de ta jeunesse le tocsin de leur désespoir, et font sentir à ton sang vermeil la fraicheur de leurs tombes, sais-tu qui elles sont ? »

Alfred de Musset,
On ne badine pas avec l'amour

SOMMAIRE

AVANT-PROPOS 13

QUAND T'AS ZÉRO EXPÉRIENCE 15
L'ART DE LA SÉDUCTION 35
SEXE : LES PREMIÈRES FOIS 79
QUAND T'AS PEUR 111
QUAND LES PARENTS S'EN MÊLENT 159
QUAND T'ES UN PEU PLUS À L'AISE 175
CONTRACEPTION ET PROTECTION 189

CONCLUSION 207
TABLE DES MATIÈRES 211
REMERCIEMENTS 217

AVANT-PROPOS

J'ai commencé à faire des vidéos sur YouTube en 2012, il y a donc bientôt dix ans au moment où j'écris ce livre. Rapidement, je me suis rendu compte que les sujets qui m'intéressaient le plus tournaient autour de l'amour, des relations humaines et de la confiance en soi. J'étais encore bien jeune à l'époque et je n'avais pas encore toute l'expérience que j'ai pu accumuler aujourd'hui, mais j'aimais déjà aborder ces sujets, et ma communauté s'y est toujours retrouvée. Au fur et à mesure des années, je me suis spécialisée dans les vidéos dédiées aux histoires d'amour, de sexualité et de développement personnel, notamment sur ma chaine YouTube *Utile Futile*. J'ai la chance d'avoir développé grâce à ces vidéos une communauté bienveillante, tolérante, respectueuse des différences de chacun·e et soucieuse elle aussi d'aider toute personne dans le besoin. Certain·e·s de mes abonné·e·s me communiquent régulièrement leur gratitude par des messages particulièrement touchants qui me restent toujours en tête, « J'aurais tellement aimé que tu sois ma grande sœur ! » ou encore « Ah, si seulement j'avais pu voir tes vidéos quand j'étais ado ! ».

Motiver les gens, comprendre le souci de l'autre et l'aider, au-delà d'être une passion ou même un trait important de ma personnalité, c'est carrément devenu mon métier. J'aime écouter, conseiller, aider, et rien ne me rend plus heureuse que d'apprendre qu'un de mes conseils a pu aider quelqu'un, même juste un peu. Aussi, lorsque j'ai été contactée par les éditions Larousse pour écrire tout un livre autour de la découverte de l'amour, de l'autre, de son propre corps et de la sexualité, l'idée s'est imposée à moi comme une évidence : il *fallait* que je le fasse.

Alors me voici quelques mois et de longues (mais passionnantes !) heures de travail plus tard à te présenter cet ouvrage dans lequel j'ai mis tout mon savoir, et te voilà aujourd'hui avec ce fameux livre entre les mains. J'espère de tout mon cœur que tu trouveras dedans des réponses à tes questions et qu'elles te permettront de prendre les décisions les plus adaptées à tes désirs et à ton bonheur.

Bonne lecture, mon petit.

“QUAND T’AS ZÉRO EXPÉRIENCE”

1/ COMMENT SE PASSE LE PREMIER BISOU ?

Le premier bisou, c'est un peu ton ticket d'entrée dans le « monde de l'amour ». Tu vois tellement de gens s'embrasser, un bisou par-ci, un bisou par-là, un peu comme si c'était normal, alors que toi, dans ta tête, c'est le chaos : comment on fait ? Comment on comprend que c'est le bon moment ? Et si j'ai trop peur et que je tourne la tête ? Est-ce qu'il faut bouger les lèvres ? Comment on sait s'il faut mettre la langue ? Et qu'est-ce que j'en fais, de ma langue, s'il faut la mettre ?

Je te rassure, tu n'es pas seul·e à t'inquiéter à ce sujet. S'inquiéter pour son premier bisou, c'est littéralement normal. Et même si certain·e·s font genre iels ne se sont jamais posé la question, sois quasi sûr·ure que ça n'est souvent qu'une façade : s'inquiéter pour quelque chose qu'on n'a encore jamais fait, c'est la nature humaine. Comme tout le monde, tu t'inquiètes de ton manque d'expérience, tu te demandes comment faire, tout simplement parce que tu as peur de mal faire.

La bonne nouvelle, c'est qu'un bisou, c'est difficilement ratable. Il suffit – en gros – de poser tes lèvres sur celles de l'élu·e de ton cœur, et de te laisser porter. Si tu as peur de ne pas savoir quand mettre la langue, personne ne t'oblige à la mettre ! D'ailleurs, le *french kiss*, qu'on appelle aussi la « pelle » – donc « rouler une pelle », c'est mettre la langue pendant un bisou –, est loin d'être obligatoire. Souvent même, dans la vie quotidienne, on ne la met pas, on se contente de faire des *smacks* – bisous sans la langue –, et on réserve le *french kiss* pour des instants plus intimes.

Si, malgré ça, tu rêves de mettre la langue, tu peux, évidemment. Mais attention à ne pas la fourrer dans la bouche de l'autre sans permission ! Ça serait bien trop intrusif et donc désagréable. Mettre la langue, d'accord, mais ça se fait petit à petit. Un peu comme si tu frappais à la porte, mais avec ta langue sur les lèvres de taon partenaire.

Faut-il fermer les yeux ? Si tu ne sais pas où regarder, idéalement, oui. Ça évitera cet instant bizarre de « je te regarde à trois centimètres, flou, et tu me regardes aussi ». D'ailleurs, même si tu as envie de regarder quelque chose en particulier, peut-être que ça peut attendre quelques secondes. Au-delà de l'effet plus « cool » que visuellement ça donnera – mais dont en soi tout le monde est censé se moquer –, au-delà de t'éviter d'avoir mal aux yeux si tu comptais regarder ceux de taon partenaire, fermer les yeux, c'est un peu une permission physique que tu te donnes pour enfin lâcher prise. Combien de fois tu t'es imaginé ce moment ? Combien de fois y as-tu pensé ? Combien de fois as-tu stressé à cette idée ? Si la réponse est « beaucoup/souvent », alors ferme les yeux, profite. Même si la réponse est « jamais », d'ailleurs. Laisse-toi porter, parce qu'un premier bisou, c'est fort, ça fait des papillons dans le ventre, et ton seul objectif à ce moment-là, c'est d'en profiter. Et pour en profiter, quoi de mieux que de lâcher prise en fermant les yeux ?

2 / QUE FAIRE APRÈS LE PREMIER BISOU ?

Difficile d'imaginer ce moment. Si tu n'as aucune expérience en matière amoureuse, si ce fameux premier bisou t'inquiète, peut-être que tu t'imagines que tu mourras de honte avec l'envie de prendre tes jambes à ton cou pour partir loin parce que tu n'assumeras pas.

En réalité, si tout se passe bien, en principe, tu viendras tout juste de vivre quelque chose de fort qui te restera sans doute en tête pour toujours, et l'un·e comme l'autre, vous n'aurez qu'une seule envie, celle de recommencer ou de vous regarder, ou de vous enlacer, bref, de continuer à profiter de l'instant.

3/ QUE FAIRE SI J'ESSAIE D'EMBRASSER QUELQU'UN ET QUE JE ME PRENDS UN RÂTEAU ?

Si tu tentes d'embrasser quelqu'un et que tout ne se passe pas comme prévu - bref, que l'autre refuse ou tourne la tête -, c'est une autre histoire. Se prendre un râteau, soyons honnêtes, ça ne fait pas plaisir. Et d'ailleurs, pire, à ce moment-là pour le coup, tu as vraiment envie - voire besoin ! - de prendre tes jambes à ton cou, parce que tu meurs de honte et que tu n'assumes pas. La vérité, c'est qu'il n'y a absolument aucune raison d'avoir honte de s'être pris un « stop ». Si on met les choses en perspective, voilà ce que tu viens d'accomplir : tu kiffes quelqu'un, tu as fait en sorte d'arriver au moment où vous étiez suffisamment proches et complices pour réussir à atteindre ses lèvres, tu as eu le sentiment qu'iel en avait envie aussi, et tu as tenté. La honte, tu dis ? La classe, ouais ! Qui dans ton entourage a déjà eu le courage de réaliser toutes ces étapes ? Alors, que tu te prennes un râteau, je peux comprendre que ça puisse faire mal à l'ego, mais eh ! t'as osé ! Tu as pris ton courage à deux mains, tu es allé·e chercher ce que tu voulais - dans ce cas précis, un bisou d'une personne que tu kiffes -, et je suis désolée mais pour moi, y a aucune raison d'avoir honte, bien au contraire.

Même si, par-derrière, tu auras tout le temps de te féliciter d'avoir osé malgré le refus, je veux bien comprendre que sur le moment, le refus soit difficile à encaisser. Ça jette comme qui dirait un léger froid. Si ce genre de moment t'arrive, aucun besoin de t'enterrer six pieds sous terre - comme je te le disais, c'est vraiment loin d'être la honte. En revanche, tu n'as pas non plus besoin de te flageller et de rester près de la personne pour faire *genre* tout va bien et t'as pas du tout les boules ! Si tu viens de prendre un stop, ton ego, lui, vient d'en prendre un coup, et ça, tu as tout à fait le droit de l'assumer. Évidemment que ça ne fait pas plaisir, évidemment que la personne en face s'en doute. Et même si elle cherche à te rassurer en te disant des choses du style « Hey mais c'est pas grave, reste ! », si toi tu sens que, là, tu as besoin de partir, tu as tous les droits d'expliquer à l'autre que « Non, c'est gentil mais je vais y aller là, du coup ». Aucun besoin d'être agressif·ve, tu peux même tenter une petite vanne du style « Haha, non, déso, j'ai rendez-vous avec quelqu'un qui veut bien de moi, du coup, héhé », ou quelque chose qui passe peut-être mieux que ça – ne l'oublions pas, j'suis un peu une mamie, niveau répartie j'suis pas toujours à la page… Bref, t'as compris : si tu sens que, là, t'en as plein ton assiette, tu n'as pas à te forcer à rester pour « garder la face », et encore moins pour faire plaisir à l'autre ou pour le/la déculpabiliser. La face, tu l'as toujours, et si à ce moment-là tu as besoin d'un peu de solitude, ça se comprend, et garde bien en tête que la culpabilité de la personne qui vient de te mettre un râteau n'est pas ton problème ! Toi tu gères ta déception, et l'autre gère sa culpabilité, qui en principe n'a pas lieu d'être d'ailleurs : s'iel n'est pas attiré·e par toi, iel n'a pas à se sentir coupable… sauf s'iel a joué avec toi et t'a délibérément laissé·e croire qu'il y avait moyen qu'il se passe quelque chose entre vous alors que non, mais ça, c'est une autre histoire.

4/ J'AI 17 ANS ET JE N'AI ENCORE EMBRASSÉ PERSONNE, SUIS-JE NORMAL·E ?

Si je te disais « J'ai commencé à aller à l'école à 4 ans » en sachant que les enfants entrent généralement à l'école entre 2 ans et demi et 3 ans, penserais-tu que je ne suis pas « normale » ? Si tout va bien, je pense que dans ta tête, tu es en train de te dire « Bah non, on s'en fout ». Eh bien, bonne nouvelle : pour le premier bisou, c'est pareil. Ça n'est pas parce que tu n'as pas fait ton premier bisou avant l'âge moyen auquel ça arrive aux autres que tu n'es pas normal·e ! D'ailleurs, la notion de « normalité » n'existe absolument pas en amour. Si tu souhaites vraiment te comparer aux autres, on peut toujours parler de statistiques, mais certainement pas de normalité – qu'est-ce que la normalité, d'ailleurs ? Vous avez quatre heures !

Peut-être que l'occasion de réaliser ton premier bisou ne s'est pas encore présentée, peut-être qu'elle s'est présentée mais que c'était trop tôt pour toi, que tu as eu peur, et donc que ça ne s'est pas fait, peut-être qu'elle s'est présentée mais que tu n'étais pas attiré·e par l'autre, bref. Il existe mille et une raisons pour lesquelles ça a pu ne pas t'arriver, et la notion de normalité n'a rien à voir là-dedans. Quoi qu'il en soit, n'hésite surtout pas à t'ôter de la tête que c'est parce que t'es moche ou nul·le, ou pas assez bien. Il existe des gens passionnants et merveilleux qui ont fait leur premier bisou très tard, il existe aussi des abruti·e·s fini·e·s qui ont fait leur premier bisou très tôt. Rappelle-toi toujours qu'il est pour le coup tout à fait normal qu'on évolue tou·te·s à des rythmes différents. Il n'y a pas de règle ni d'âge minimum ou maximum pour quoi que ce soit. Chacun·e son rythme. Point.

Maintenant, c'est sûr que si tu me dis que l'occasion s'est présentée cent fois, mais que tu n'as jamais réussi à te laisser aller, qu'à chaque fois tu as flippé, pris tes jambes à ton cou, et donc que tu n'as encore jamais embrassé personne malgré ces cent possibilités, là pour le coup, je te dirais qu'il y a sans doute un problème. Parce que flipper une fois, deux fois, ça arrive, et puis la troisième, on s'accroche et on réussit enfin à lâcher prise. Mais si tu bloques à chaque fois, c'est surement que tu as un petit travail à faire sur toi-même dans l'idée que tu as le droit de vivre ça, ne serait-ce que parce que tu en as envie !

5/ COMMENT PEUT-ON SAVOIR SI ON EST VRAIMENT AMOUREUX·SE ?

De la même façon qu'on distingue un·e pote et un·e ami·e, il y a une vraie différence entre un·e crush et le sentiment amoureux. À mon sens, un·e crush, c'est quelqu'un qui t'attire physiquement, que tu vas trouver beau·elle, dont tu vas aimer l'attitude, les expressions, la façon de bouger. Si tu as un peu de chance, tu connais un peu taon crush, vous avez peut-être eu l'occasion de discuter quelques minutes, voire même de partager une ou deux soirées ensemble, mais vous ne vous connaissez pas en profondeur. Un·e crush, c'est quelqu'un qui te plait, mais en surface. Tu ne connais pas ses valeurs, ses manies, ses habitudes de vie. Tu les fantasmes sans doute avec délice, mais tu n'en sais rien. En principe, avec un·e crush, on se remet très bien en cas de râteau ou si on apprend qu'iel a trouvé quelqu'un. Ça fout les boules, mais on s'en remet, tout simplement parce qu'il s'agissait pour l'instant plus du fantasme que de sentiments réels.

Concernant l'Amour, c'est différent et plus profond. Dans *La rose la plus rouge s'épanouit*[1], la question est soulevée et très justement traitée. L'auteure souligne – en gros hein, si tu veux savoir plus en détail, je t'invite à lire la BD – que lorsqu'on est amoureux·se, l'élu·e de notre cœur ne peut être remplacé·e. Cette personne n'est pas interchangeable, parce qu'elle est « incomparable avec qui que ce soit ». En d'autres termes, tu connais si bien cette personne, tu aimes tellement ses particularités, ses valeurs, ses habitudes, ses avis, ses opinions, ses qualités et même ses défauts, que ce sont eux qui rendent l'élu·e de ton cœur si spécial·e, et ce sont eux qui font qu'il n'existe pas son pareil sur Terre. Ce sont aussi eux qui font que la rupture peut faire si mal, avec la fameuse phrase « Mais je retrouverai jamais quelqu'un comme lui ou comme elle ! », ou mieux : « Je ne retrouverai jamais aussi bien que lui/elle ! » Pour la petite histoire : si, du coup, tu trouveras forcément aussi bien, tu trouveras même forcément mieux, puisque la prochaine fois, ce sera quelqu'un qui voudra rester avec toi, ce qui est un critère non négligeable, avouons-le.

1. Bande dessinée de Liv Strömquist, parue aux éditions Rackham en 2019.

6/ J'AI 25 ANS ET JE SUIS TOUJOURS PUCEAU·ELLE, SUIS-JE NORMAL·E ?

Qu'il s'agisse de bisous ou d'entrée dans la sexualité, tu l'auras deviné, la notion de « normalité » n'a toujours pas sa place dans cette histoire. Pour répondre factuellement, je peux te dire que, selon Internet, « en moyenne, en France, l'âge du premier rapport sexuel se situe autour de 17,5 ans et il n'a pas varié depuis une dizaine d'années[2] », donc si tu en as 17, on peut affirmer que tu es (seras) forcément au-dessus de la moyenne des Français concernant l'âge de ta première fois. Mais est-ce que ça fait de toi quelqu'un d'anormal ? Toujours pas.

Quel que soit le sujet, tu as sans doute observé qu'on vit tou·te·s les choses à des âges différents. Si Alphonse s'intéresse à la guitare à 5 ans et qu'Alfred s'y met à 22 ans, déjà on n'observe rien de choquant à ça, mais surtout, ça n'implique même pas qu'une fois atteints leurs 25 ans, Alphonse jouera vraiment mieux qu'Alfred. C'est exactement pareil en matière de sexualité. Chacun·e s'y intéresse à des âges différents, de façons différentes, chacun·e y entre à un moment différent de sa vie, et se mettre une pression sur l'âge en matière de sexualité est tout à fait incohérent : la seule chose qui compte, c'est que tu puisses commencer au moment où ça te fait envie avec une personne en qui tu as suffisamment confiance et par laquelle tu es attiré·e. Et alors là, je te vois venir à cent kilomètres : « Oui bah, justement, j'aimerais bien commencer mais je sais pas avec qui ni comment ! » *No stress* mon petit, j'ai pensé à toi, j'ai écrit plein de choses très utiles sur la séduction dans ce bouquin, tu peux peut-être aller y jeter un coup d'œil juste après.

---

2. Source : letudiant.fr (OK, c'est pas une source ultra fondée mais tout le monde a l'air de dire à peu près la même chose sur ce point, donc tu me pardonnes !).

Maintenant, si tu me disais « Ça fait dix ans que j'ai envie de commencer ma vie sexuelle, ça fait dix ans que j'essaie de m'envoyer en l'air et que je n'y arrive pas », je te dirais que, de toute évidence, il doit y avoir un souci dans la façon dont tu t'y prends : peut-être qu'il faudra revoir tes bases de séduction, mais dans tous les cas, ça ne ferait toujours pas de toi quelqu'un d'anormal.

7/ COMMENT SAVOIR SI JE SUIS PRÊT·E ?

Contrairement à ce qu'on pourrait penser, le moment où tu es prêt·e à faire ton premier bisou ou tes premières fois en matière sexuelle, ça n'arrive pas comme ça, un matin, en te réveillant. On ne ressent pas ce déclic – qu'on attend pourtant – qui nous informe à l'intérieur que « Ça y est, c'est bon, on peut y aller ! ». Comme tout voyage, c'est quelque chose qui prend du temps, et qui arrive petit à petit. Un beau jour, comme ça, tu te retrouves face à une personne avec qui tu te sens bien, en qui tu as confiance, vous arrivez petit à petit aux choses sérieuses et, malgré une petite appréhension qui est tout à fait normale – comme toute chose que tu ne connais pas, bien entendu que ça fait peur –, tu as simplement envie de continuer parce que c'est agréable, parce que tu te sens bien, et surtout parce que tu en as envie. Si tu ressens tout ça au moment où tu commences tes premières fois quelles qu'elles soient, c'est que c'est bon, tu es carrément prêt·e.

En revanche, si tu as l'impression que tout va trop vite, si tu n'oses pas dire « non » ou « stop » à une action, s'il y a un ou plusieurs gestes qui te brusquent, si tu as peur de paraitre trop « gamin·e » aux yeux de l'autre parce que tu demanderais de ralentir le rythme, d'aller plus doucement ou même d'arrêter, là c'est pas tant que tu n'es pas prêt·e, c'est simplement que tu n'es pas avec la bonne personne. L'amour, le sexe surtout, c'est littéralement que du kif. Si à quelque moment que ce soit tu ne te sens pas bien, si tu as envie de dire « stop », il faut impérativement le faire.

Ce besoin d'arrêter, c'est ta petite voix intérieure qui te parle pour te dire soit que, en réalité, tu ne te sens pas bien avec cette personne, soit que ça va trop vite pour toi, soit que tu n'es pas prêt·e. Et cette petite voix, je sais, ça peut paraitre bête dit comme ça, mais en fait, elle est ta meilleure amie dans ce genre de situations. Si tu l'entends dire des trucs, écoute-la. Et rassure-toi, il n'y a absolument aucun mal, aucune honte, aucune gêne à avoir à ne pas se sentir encore prêt·e !

D'ailleurs, c'est pas parce que tu as déjà eu tes premières expériences sexuelles avec quelqu'un que tu seras directement prêt·e à redémarrer *illico* avec un·e nouveau·elle partenaire. Se sentir prêt·e, ça dépend évidemment de toi, de ton parcours, de ta maturité, de tes envies, mais ça dépend aussi de l'autre ! À quel point tu as confiance en lui/elle, à quel point iel te met à l'aise, s'iel se soucie et respecte ton consentement – ce qui au passage est absolument essentiel : non, c'est non ! Quelqu'un qui insiste, c'est clairement quelqu'un qui ne respecte pas ton consentement, et donc clairement pas quelqu'un qui mérite que tu lui offres une telle partie de ton intimité, donc *NEXT* !

Tu l'auras compris, il n'y a pas de panneau de signalisation simple et évident qui indique que tu es prêt·e. La seule chose qui compte, c'est que tu te sentes bien, à l'aise, en confiance, et surtout, surtout : que tu en aies envie. C'est le point principal, essentiel, et non négociable. Ça s'appelle aussi le consentement. Tu peux tout à fait être prêt·e et ne pas avoir envie à l'instant où l'occasion se présente. À ce moment-là, tu rassures taon partenaire, tu lui expliques que là, tout de suite, tu n'as pas envie, mais que *chill*, c'est pas grave, ça viendra peut-être plus tard, et puis on passe à autre chose ! Si par malheur taon partenaire insiste malgré ces propos, il s'agit d'un *red flag* très important que tu ne peux surtout pas ignorer : quelqu'un qui insiste, c'est quelqu'un qui ne respecte pas ton consentement. Et le non-respect du consentement, c'est le début de choses très graves qui peuvent rapidement emmener vers des traumatismes, procès et sanctions, voire des peines d'emprisonnement. Pas ultra *fun*.

8 / COMMENT CONNAITRE MON ORIENTATION SEXUELLE ?

Sur le site officiel de l'État de Fribourg, j'ai trouvé ce paragraphe que je n'aurais pas mieux résumé moi-même :

> *Lorsque l'on parle d'orientation sexuelle, on fait souvent référence aux plus connues : l'hétérosexualité (attirance pour une personne du sexe opposé), l'homosexualité (attirance pour une personne du même sexe que soi), la bisexualité (attirance pour les deux sexes), l'asexualité (ne pas éprouver d'attirance pour l'autre) et la pansexualité (attirance pour une personne, indépendamment de son genre). Toutefois, il en existe encore bien d'autres.*
>
> *Contrairement à l'orientation sexuelle qui explique qui nous aimons, l'identité de genre définit qui nous sommes. Lorsque l'on se sent appartenir au genre qui nous a été désigné à la naissance, selon notre sexe biologique, on parle alors de cisgenre. Toutefois, s'il y a un sentiment profond de désaccord avec le genre assigné, nous parlons alors de transgenre. Dans certains cas, on peut se sentir ni homme, ni femme, on parle ainsi de non-binaire[3].*

Ça, c'était pour le petit point vocabulaire, et c'est toujours utile - *Utile Futile*, lol - de savoir ces choses-là.

Pour connaitre ton orientation sexuelle, il suffit d'observer ce que tu ressens. Pour commencer, sache quand même que tu n'as pas forcément besoin de mettre une

3. Pour retrouver la page : www.fr.ch/sante/prevention-et-promotion/orientation-sexuelle-et-identite-de-genre

étiquette sur ta sexualité. Par exemple, certaines personnes ont déjà eu une ou plusieurs relations avec une personne du même sexe mais ne se considèrent pas pour autant bisexuelles, car elles estiment préférer le sexe opposé et se considèrent donc comme hétéro. D'autres en revanche n'ont par exemple eu que des relations avec des personnes du sexe opposé mais se considèrent malgré tout comme bisexuelles parce qu'elles savent être attirées par leur sexe également. Tu l'auras compris, chacun·e décide de se considérer comme iel le souhaite. La seule chose qui compte dans tout ça, quelle que soit l'étiquette que tu souhaites employer – si étiquette tu souhaites avoir –, c'est de ne rien te refuser. Si tu te sens attiré·e par quelqu'un, tu as le droit de t'intéresser à cette personne et plus si affinités. Il ne faut pas avoir peur des étiquettes, il ne faut pas que ça t'inquiète. Tout ce qui importe, c'est ton équilibre. Quand tu te retrouves au rayon yaourts et que tu as envie d'en prendre de nouveaux que tu n'as jamais goutés, vas-tu vraiment prendre un paquet puis le reposer en te disant « Oh là là, non, c'est des yaourts au soja, je les repose parce que, comme je ne connais que ceux au lait de vache, j'ai peur de ne pas aimer ! » ? Non. Tu vas sans doute plutôt te dire : « Tiens, j'avais pas vu, c'est au soja ! Ils ont l'air bons, je vais gouter ! » Et puis tu goutes, tu sais si tu aimes ou pas, ça s'arrête là. Ça me semble être – presque – aussi simple que ça en matière d'évaluation de ton orientation sexuelle. En tous cas, ça devrait être aussi simple. OK, on a tou·te·s une petite idée de quelle est notre orientation sexuelle, bien sûr, on va naturellement se diriger vers les personnes concernées par notre petite idée initiale. Mais si un jour on rencontre une personne qui semble nous plaire alors qu'on ne pensait pas être attiré·e par ce genre au départ, rien ne t'interdit d'essayer, de voir, de kiffer ou pas, bref, de faire tes expériences comme tu en as envie ! C'est aussi ça, la vie, toi-même tu sais.

9 / C'EST QUOI L'ASEXUALITÉ ?

L'asexualité, c'est le fait de n'avoir aucun désir sexuel. Le fait de n'avoir aucun désir sexuel ne veut pas forcément dire que l'abstinence est de mise. Être asexuel·le n'empêche bien entendu pas certain·e·s d'avoir des rapports sexuels malgré tout, ne serait-ce que pour partager un moment d'intimité ou par simple envie de faire plaisir à l'autre. Le consentement, qui est la partie non négociable de tout acte sexuel, ne dépend pas du désir sexuel. Le consentement dépend de ton accord uniquement. D'ailleurs, désirer quelqu'un ne veut pas dire consentir à un acte sexuel avec lui/elle, pas plus que le fait de ne pas désirer quelqu'un empêche d'avoir une relation sexuelle avec cette personne.

10 / ET SI, AU FINAL, J'AI TROP PEUR DE LE FAIRE ? ET SI J'AI PEUR TOUTE MA VIE ?

Comme on le disait dans les questions précédentes, si tu as trop peur à un instant T, c'est donc cette fameuse petite voix qu'il faut impérativement écouter qui s'exprime et qui te dit que « non, c'est juste pas le moment ». C'est pas grave d'avoir peur. C'est même normal. Tu peux d'ailleurs avoir un peu peur mais avoir quand même envie de continuer, auquel cas tu peux tout à fait t'écouter, peut-être ralentir le rythme, mais continuer.

Maintenant, si tu as réellement trop peur, si c'est une peur qui te bloque à chaque tentative – parce que ça peut naturellement arriver quelques fois, mais si ça arrive trop souvent ou tout le temps, tu peux commencer à te poser des questions –, essaie de réfléchir à ce qui t'inquiète autant.

Est-ce que c'est la peur d'être nul·le ? Si c'est le cas, rassure-toi tout de suite sur une chose : tu n'es pas « nul·le ». Tu n'as juste pas d'expérience, et pour le coup, ça ne veut vraiment pas dire que tu vas être nul·le. En fait, plus tu vas t'intéresser à l'autre, plus tu vas lui poser des questions sur ce qu'iel aime et sur comment lui faire plaisir, plus tu as de chances de faire plaisir à l'autre, et moins tu risques d'être « nul·le » au lit. D'où l'importance de se sentir bien et à l'aise avec la personne ; si tu n'es pas à l'aise, tu n'oseras jamais poser des questions et encore moins prendre des initiatives, et pour le coup, si tu souhaites faire plaisir à l'autre sans savoir ce qu'iel aime, sans oser le lui demander ni même prendre des initiatives… on est d'accord, ça risque d'être plus compliqué !

> **« Personne n'a le droit de juger ton corps, encore moins s'il s'agit de jugements dégradants. »**

Est-ce que c'est la peur que ça aille trop vite ? Jusqu'à il y a quelques années, on ne parlait pas des premières fois, on parlait de LA première fois. Comme si la première fois ne s'apparentait qu'à la première pénétration. Heureusement, les choses évoluent, et aujourd'hui, on ouvre les yeux sur le fait que les préliminaires, les caresses, l'appréhension du corps de l'autre, de la nudité, ce sont toutes des premières fois à part entière. Du coup, si tu as peur que ça aille trop vite, rappelle-toi toujours que déjà, tu as le droit de dire stop quand tu veux, et surtout, que tu n'es pas obligé·e de tout faire d'un coup ! On peut aussi y aller étape par étape, à son rythme, sans se sentir obligé·e de passer à la pénétration immédiatement, ni à chaque fois. Rappelons-nous bien que la pénétration n'est jamais obligatoire dans un rapport sexuel. On peut tout à fait se faire plaisir autrement. Ça peut paraitre évident dit comme ça, mais un petit rappel ne fait jamais de mal.

Est-ce que c'est la peur de la nudité ? Si tu ressens l'inquiétude de te mettre nu·e face à taon partenaire, je te rassure, c'est tout à fait normal. On évolue dans une société où la pudeur existe et est importante ; et là, tout à coup, on te dit « Allez, hop ! À poil ! ». Le fait que tu sois particulièrement pudique n'est pas grave, ça promet seulement un besoin de temps de ton côté par rapport à la nudité, et il n'y a pas de mal ! Pour commencer, tu peux garder au moins tes sous-vêtements, ou alors si tu n'es vraiment pas à l'aise, baisser la lumière, voire l'éteindre complètement. Forcément, dans le noir, c'est plus facile de se retrouver à poil. Si, au bout de quelques semaines ou mois à y aller tout doucement, tu ne te sens toujours pas plus à l'aise, si tu sens que tu n'arrives toujours pas à assumer ton corps devant l'autre, rappelle-toi quand même que ton corps est tel qu'il est, et que c'est à prendre ou à laisser. Personne n'est légitime à te faire des remarques sur ton physique, et encore moins à te juger. D'ailleurs, quelqu'un qui t'aime aimera aussi ton corps sans condition ni négociation. Si l'autre est là pour les bonnes raisons, iel l'aime déjà, ton corps. Donc autant apprendre à l'aimer, à l'assumer et à vivre avec dès maintenant. En revanche, si taon partenaire a l'air de faire des remarques sur ton corps du style « Ah mais t'as des poils ! » ou encore « Bah dis donc, faudrait peut-être penser à manger de temps en temps » ou autre connerie du genre, c'est ce qu'on appelle un *red flag* : personne n'a le droit de juger ton corps, encore moins s'il s'agit de jugements dégradants. Je le disais y a quelques lignes, ton corps est tel qu'il est, c'est à prendre ou à laisser. Tu n'aimes pas mon corps ? Pas de problème, la porte est juste là. Bon vent !

11/ COMMENT SAVOIR SI JE SENS MAUVAIS ?

Partons d'un principe simple et vrai : on a tou·te·s une odeur corporelle particulière. Elle est due à beaucoup de critères rassemblés, elle dépend entre autres de ce que tu manges, de ce que tu bois, d'où tu vis, de ton hygiène de vie, de ta lessive, des cosmétiques que tu utilises, de ton gel douche, ton parfum, la chimie de ta peau, bref. On a tou·te·s une odeur corporelle naturelle sur laquelle on n'a pas réellement d'impact. Beaucoup de gens ont peur de sentir mauvais, et à ça, je n'ai qu'une seule chose à répondre : si tu veux sentir bon, il suffit de prendre une douche régulièrement, et je ne te parle même pas forcément d'en prendre une tous les jours ! Quoi qu'il en soit, il ne sert absolument à rien de se transformer en maniaque de la propreté ; ça pourrait même plutôt te jouer des tours. Par exemple, te laver la vulve[4] au savon plusieurs fois par jour a plus de chances de t'apporter une infection urinaire, une mycose ou autre petit cadeau désagréable que si tu te laves normalement une fois par jour. Ce phénomène est simplement dû à l'équilibre de ta flore vaginale qui, si tu lui imposes trop de lavages au savon, se détériore et ne peut plus se défendre correctement contre les agressions extérieures.

Bien que ces messieurs aient moins de fragilité de ce côté-là, eux aussi se posent des questions sur leur odeur. Alors les gars, les meufs, les autres, lisez bien ceci : une douche par jour, c'est largement suffisant. Et surtout, il faut se faire confiance : que tu sentes une odeur

---

4. Point vocabulaire : la vulve est la partie extérieure du sexe féminin. Elle est particulièrement fragile parce qu'il s'agit exclusivement de muqueuse, d'où l'intérêt de la traiter avec soin.

particulière, c'est normal. Mais tant que toi tu trouves que ça ne sent pas mauvais, c'est que tout va bien. En revanche, si tu sens qu'il y a une odeur nauséabonde, évidemment tu peux retourner prendre une petite douche. Attention quand même : si ton pénis ou ta vulve dégage des odeurs vraiment pas cool de fromage ou autre chose dans le genre, ce n'est pas normal. Ce peut être le signe que tu souffres d'une mycose ou d'une maladie vénérienne – ou MST *aka* maladie sexuellement transmissible, c'est pareil – et que tu as besoin d'être traité·e. Donc si tu sens la raclette, je te conseille vivement d'aller consulter !

12 / J'AI 13 ANS, JE N'AI PAS ENCORE EU MES RÈGLES, ÇA ME COMPLEXE BEAUCOUP, QUE FAIRE ?

Le jour où tu as tes règles pour la première fois, c'est souvent un peu la panique, notamment parce que généralement, tu ne sais pas trop ce qu'il t'arrive. OK, on t'avait prévenu·e, tu savais qu'un jour tu risquerais de trouver du sang dans ta culotte, mais à part ça… Tu sais pas trop.

Laisse-moi te raconter ce qu'il se passe dans ton corps lorsque tu as tes règles. C'est simplement un signe que t'envoie ton corps pour dire « Coucou ! Ça y est, on est prêts à créer un bébé dans ton utérus, bisous ! » et c'est tout. Tu te lances donc dans la grande aventure des menstruations. Un cycle menstruel commence le premier jour de tes règles et se termine la veille de tes règles suivantes. On dit qu'il dure 28 jours en moyenne, mais autant que tu le saches tout de suite, c'est à peine vrai. Selon les personnes, il peut durer entre 25 et 40 jours, autant te dire qu'on a clairement chacun·e notre rythme interne. Du coup, quand j'apprends que des jeunes filles complexent sur le fait qu'elles n'aient pas encore leurs règles, je leur demande toujours : « Mais pourquoi ?! » Les premières règles peuvent arriver entre tes 8 et tes 18 ans, en gros. Alors oui, 8 ans, ça sera pour la rare partie très en avance, et 18 pour la rare partie qui aura pris son temps. Mais il ne s'agit que d'un processus de développement de ton corps ; pourquoi complexer dessus ? Pour comparer avec les copain·ine·s ? Pour savoir lequel/laquelle d'entre vous ressemblera le plus rapidement à une femme ? Pas sûr que ça soit bien utile… ni bien enrichissant. Si tu n'as pas de problème de santé particulier, tu n'as en principe aucune raison de ne pas avoir tes règles un jour, et aucune raison de te comparer aux autres. Bien sûr, si tu es quand même inquiet·ète, tu peux consulter un·e médecin généraliste ou un·e gynécologue pour en discuter, tu peux même te rendre dans un Planning familial pour y rencontrer gratuitement et anonymement un·e médecin afin de te rassurer sur la question. Mais quoi qu'il arrive, tes règles ne sont que la conséquence du bon développement de ton corps, qui, lui, se fiche des comparaisons et prend le temps dont il a besoin pour se développer à son rythme. Complexer sur ce point reviendrait à complexer sur la vitesse à laquelle tes cheveux ou tes ongles poussent. Aucun sens, tu dis ? Alors laisse-toi tranquille sur la date d'arrivée de tes règles !

13/ JE N'OSE PAS METTRE UN TAMPON, JE NE COMPRENDS PAS COMMENT ÇA RENTRE ?

Tu l'auras compris, une fois que tu as tes règles, du sang coule de ton vagin. Ça n'est pas une hémorragie interne, c'est simplement ton utérus qui se sépare de son endomètre, qui était censé accueillir un bébé si fécondation il y avait. Du coup, bonne nouvelle, si tu ne comptes pas enfanter tout de suite : tu n'es pas enceinte !

Une fois que tu te retrouves au moment de tes règles, si tu souhaites ne pas tacher tous tes vêtements, une protection périodique s'impose, et tu as l'embarras du choix : serviettes jetables ou réutilisables, cup, tampon, culottes menstruelles… il y en a pour tous les gouts ! La petite complexité avec le tampon et la cup, c'est qu'il faut l'insérer dans ton vagin. Les premières fois, ça fait un peu bizarre, mais tu verras, une fois que tu as pris le coup de main, tu n'y penses même plus et tu fais ça sans même y réfléchir.

Pour mettre un tampon, avant toute chose, il faut déplier la petite ficelle avant de l'insérer – super important, sinon comment tu le récupères au fond de ton vagin ? Chaque boite de tampons contient une petite notice sur comment l'insérer, voici celle que j'ai piquée à la marque Nana :

Respirez profondément. Expirez et, en maintenant vos lèvres écartées, localisez votre orifice vaginal et introduisez doucement le tampon, en l'orientant vers votre zone lombaire (pas directement vers le haut). Placez le tampon jusqu'à ce que la moitié de votre index soit introduite, le cordonnet dépassant à l'extérieur.

Bon, concernant le délire de bien inspirer et expirer profondément, je suis pas certaine que ça soit bien nécessaire, m'enfin tant qu'à faire, autant suivre les indications. Sache au cas où que, si c'est la première fois que tu t'apprêtes à mettre un tampon, il sera beaucoup plus facile – et moins douloureux – de l'introduire s'il s'agit d'un tampon avec applicateur. Non pas que mettre un tampon fasse particulièrement mal, mais au début, quand t'as pas l'habitude, c'est plus confortable, ça glisse tout seul, et ça le met automatiquement à la bonne profondeur dans ton vagin.

Si tu souhaites utiliser une cup – solution plus écolo et qui aura l'avantage de ne pas assécher ton vagin –, voici une instruction claire que je n'aurais pas mieux résumée :

Pour introduire la cup, écartez vos lèvres et insérez délicatement la coupe préalablement pliée côté entonnoir. Après avoir trouvé l'ouverture de votre vagin, introduisez la coupe et vous pouvez effectuer quelques rotations jusqu'à ce que vous ressentiez un certain confort… Une fois introduite, relâchez-la lentement pour qu'elle se déploie. Vérifiez en glissant un doigt tout autour de la coupe qu'elle est totalement ouverte[5].

Je te rassure, il est normal que tu ne t'en sortes pas comme un·e champion·ne dès le premier essai, et parfois, il arrive que, malgré plusieurs essais fructueux, ton tampon ou ta cup soient mal positionnés. À ce moment-là, pas de panique, retour aux toilettes et on renouvèle l'opération !

Concernant les serviettes hygiéniques et autres culottes menstruelles qui ne nécessitent pas d'introduire quelque chose dans ton vagin, forcément, c'est plus facile. Souvent d'ailleurs, les débutant·e·s préfèrent ce type de protection dans un premier temps. Quelle que soit la protection périodique que tu choisis, n'oublie pas de la changer régulièrement afin d'éviter toute éventuelle infection due à la stagnation du sang dans ta cup, ton tampon, ta serviette, ta culotte ou même ton vagin. Idéalement, si tu peux changer tout ça toutes les quatre heures, c'est le top du top. Après, chacun·e fait comme iel peut, hein.

Petite info, au passage, parce que je trouve que c'est super intéressant : certaines personnes n'utilisent aucune protection périodique, parce qu'elles pratiquent le flux instinctif libre. L'idée, c'est d'apprendre à maitriser son flux comme on maitrise une envie de faire pipi. Donc pas besoin de protection, elles sentent lorsque le flux arrive, et hop ! Aux toilettes, pas de tache, et on continue la journée. Dit comme ça, ça parait complètement fou, mais elles sont de plus en plus nombreuses à maitriser ce superpouvoir, et l'air de rien, c'est ce qu'on appelle une solution écolo et pratique !

5. Source : coupemenstruelle.net

“L’ART DE LA SÉDUCTION”

14 / JE SUIS OBSÉDÉ·E À L'IDÉE D'ÊTRE EN COUPLE, EST-CE NORMAL ?

À l'adolescence, tu passes de « Beurkkkkk, vous vous faites un bisou, c'est dégoutant ! » à « Mais pourquoi j'ai toujours embrassé personne, c'est quoi mon problème ? ». Cette évolution de la perception des choses est due entre autres à tes hormones et c'est tout à fait légitime. D'ailleurs, on est loin d'être tou·te·s égaux·les sur la question : certain·e·s auront simplement *envie* d'être en couple, de vivre une romance, de s'amuser un peu, quand d'autres ressentiront carrément le *besoin* de vivre ce type de relation. Ça dépend de chacun·e, de tes besoins, de tes émotions, de ta situation émotionnelle du moment. Souvent, à partir de l'adolescence, l'amour de ta famille et de tes ami·e·s ne suffit plus du tout : il te faut l'Amour, le vrai, d'une personne par laquelle tu es attirée physiquement. Je ne sais pas si on peut dire qu'il est « normal » que le besoin d'être en couple vire à l'obsession, en tous cas, j'ai l'impression que c'est quand même vraiment très fréquent, surtout à l'adolescence. Être en manque affectif, c'est une situation pesante, et notamment quand on est ado, qu'on ressent tout cent fois plus fort, qu'on a les hormones en feu et potentiellement les potes autour, qui elleux ont la chance de vivre sous nos yeux ce dont on rêve. Ça ne m'étonne pas du tout que ça puisse virer à l'obsession. D'ailleurs, il n'est pas rare que les résultats scolaires en pâtissent, malheureusement. Au lycée, beaucoup d'étudiant·e·s ont du mal à établir le sens de leurs priorités entre l'amour et les cours. Et en même temps, pour l'avoir vécu, c'est vrai qu'à 17 ans, entre s'intéresser aux intégrations régionales du continent américain et s'intéresser à ce qui s'est passé à la soirée de la semaine dernière où taon crush était présent·e, le choix est vite fait. Merci les hormones.

Bien entendu, malgré cette obsession qui me parait plutôt légitime en fonction de l'importance de ton manque affectif, idéalement, il faut essayer de garder un certain équilibre dans ton sens des priorités. Déjà parce que si tu es désespéré·e à l'idée de te mettre en couple, malheureusement ça va se sentir, et c'est pas séduisant du tout – j'en parle dans la question juste après si ça t'intéresse. Ensuite, parce que l'air de rien, même si savoir ce qu'il s'est passé à la soirée de la semaine dernière est crucial pour toi là tout de suite, réussir tes examens de fin d'année promet d'être utile pendant un peu plus de temps par la suite que l'information sur la soirée et taon crush. Je sais, tes parents te rabâchent déjà les oreilles avec ça. Mais même si je comprends – vraiment – ce que tu vis, on ne peut pas leur enlever qu'iels ont raison sur ce point. Les cours, c'est important et c'est pas du *bullshit*.

Pour résumer, OK, t'es obsédé·e à l'idée d'être en couple, c'est pas grave, c'est pas anormal, mais il ne faut pas que ça t'empêche de vivre. Comme je te le disais, si ça se sent trop, c'est rebutant et pas séduisant – personne n'est attiré par les gens désespérés, c'est la vie –, et ensuite parce que tu ne peux pas t'empêcher de vivre et de préparer ton avenir sous prétexte que tu rêves d'être en couple et de combler ton manque affectif. Ne t'inquiète pas, ton heure viendra, et d'ailleurs, elle a bien plus de chances de venir si tu te concentres un peu aussi sur le reste. Parce que plus tu t'intéresseras à d'autres choses, moins tu auras l'air désespéré·e, plus tu seras séduisant·e. Tout bénef.

15/ COMMENT PLAIRE ET ÊTRE SÉDUISANT·E ?

Tu l'as forcément observé autour de toi : certain·e·s ont l'air de maitriser l'art de la séduction depuis toujours alors que d'autres semblent laissé·e·s pour compte par les fées de l'attraction. La bonne nouvelle, c'est que la séduction est à la portée de tout le monde, et tout le monde peut plaire. Même toi qui lis ces mots et qui te dis « Pffff, ça ne m'arrivera jamais ». Je vais essayer de t'expliquer tout ça, même si c'est un sujet sacrément complexe.

La base de la base dans la séduction, c'est d'apprendre à s'aimer soi-même. Or, c'est souvent déjà là que ça pèche. Si tu te kiffes un minimum, si tu aimes ce à quoi tu ressembles, comment tu t'habilles et te coiffes, si tu te trouves drôle, sympa, si tu aimes tes valeurs et la personne que tu deviens, tu émets naturellement un message vers les autres qui indique quelque chose comme « Salut ! Je suis cool et sympa, si tu viens me parler, tu vas passer un bon moment ! ». À l'inverse, si tu penses des choses négatives de toi, que ce soit physiquement ou intellectuellement, si tu te trouves nul·le, chiant·e, pas drôle et pas intéressant·e, tu envoies également un message sans t'en rendre compte, mais qui racontera plutôt quelque chose comme « Bof, venez pas par ici les gars, c'est moche et on se fait chier, grosse déprime... », et fatalement, la séduction devient plus difficile.

> **« Les gens qui se dévaluent en permanence, c'est tout sauf séduisant. »**

Tu l'auras compris, le premier point, c'est « Aime-toi toi-même ». Déjà parce que c'est utile dans la vie, parce que ça te donnera confiance en toi, et parce que la confiance en soi, c'est sexy. Je te vois venir à 100 000 kilomètres : « Mais comment je fais si je me déteste ? » Alors déjà, commence par bannir pour toujours ce genre de phrases. Tous les mots négatifs à ton encontre, tu ne dois plus jamais les utiliser. Ne dis plus jamais que tu te détestes. Ne dis plus jamais que tu es con·ne ou moche. Si c'est ce que tu ressens et que tu as besoin d'en parler, tu peux en revanche dire quelque chose comme « J'ai des petits soucis de confiance en moi en ce moment mais je travaille dessus ». Ça peut paraitre bête dit comme ça, mais on sous-estime trop souvent la force des mots et l'impact qu'ils ont sur nous à long terme. Exemple typique : un·e enfant à qui on dit toute son enfance qu'iel est bête, iel devient rarement un sphinx. Alors qu'un·e enfant à qui on répète toute sa vie qu'iel est génial·e, peut-être qu'iel sera péteux·se pendant un temps, en attendant iel aura confiance en lui ou en elle et aura toujours plus de chances de devenir génial·e que le/la précédent·e.

Donc si tu veux apprendre à t'aimer, le premier commandement, c'est uniquement des mots positifs à ton égard, qu'ils soient dans ta tête ou prononcés à l'oral. Parce qu'au cas où tu ne l'aurais pas remarqué, les gens qui se dévaluent en permanence, c'est tout sauf séduisant. Mais si, réfléchis : tu as forcément déjà rencontré une de ces personnes qui n'arrêtent pas de dire des trucs du style « Non mais moi, de toute façon, je suis trop moche... », ou tu en fais même peut-être partie. En compagnie de l'un·e d'entre elleux, tu ne t'es jamais dit que c'était ultra chiant, ce genre de situation où tu te sens obligé·e de dire « Mais non, t'es pas moche » alors que tu ne le penses même pas forcément ? Tu t'es jamais dit que passer du temps en compagnie de personnes qui s'assassinent toutes seules en permanence n'était pas forcément très agréable ? Eh bien, c'est exactement pareil quand il s'agit de toi : si tu te dévalues en permanence, les gens vont juste penser que c'est ultra chiant de passer du temps avec toi, d'où l'intérêt de ne pas formuler de choses négatives à ton égard, et encore moins devant les autres.

Attention, ça ne veut évidemment pas dire qu'il est interdit de demander à être rassuré·e sur son apparence physique ou autre ! Simplement, au lieu de le faire en disant quelque chose de négatif sur toi et en espérant que le compliment tombe, tu peux par exemple plutôt demander « Oh là là, j'ai l'impression d'avoir moins bonne mine aujourd'hui, t'en penses quoi ? ». Il y a un monde entre cette phrase et « De toute façon, je suis trop moche ». Tu sens la différence ? En travaillant sur ta façon de parler de toi, comme tu vas bannir le négatif, tu n'auras plus d'autre choix que de penser neutre ou positif, et tu verras, c'est un cercle vertueux : le positif amène le positif. Je vais être honnête avec toi, ça prend du temps, c'est vraiment pas évident au début – les mauvaises habitudes ont la dent dure ! – mais essaie, ça vaut le coup.

En plus de ce très important travail personnel qui va permettre à ton amour-propre de se développer et donc t'aider à (re)prendre confiance en toi, le deuxième commandement consiste à prendre soin de toi physiquement : prends ta douche régulièrement, change de vêtements, fais en sorte de sentir bon, d'être propre, agréable et souriant·e ! Sentir bon – je te parle pas de t'inonder de Chanel n° 5, juste de sentir le propre –, sourire, être propre, positif·ve et agréable, ce sont des choses qui ne coutent pas cher et qui payent. Pour comprendre, imagine dans ta tête des jumeaux ou jumelles : l'un·e a les cheveux gras, un T-shirt qui pue la transpi et tire la gueule, quand l'autre a les cheveux propres, un T-shirt propre, sent bon et sourit. Avec lequel/laquelle as-tu envie de passer l'après-midi ? Je n'attends pas ta réponse, je sais qu'on est tou·te·s d'accord.

Honnêtement, une fois que tu deviens positif·ve et doux·ce avec toi-même et que tu prends soin de toi physiquement un minimum, tu as fait le plus gros du chemin, parce que ces deux éléments pèsent très lourd dans la balance de la confiance en soi. Ça ne se fait pas du jour au lendemain, je dirais même que c'est un travail de tous les jours, mais garde bien en tête que la confiance en soi, c'est séduisant.

Ça ne veut pas dire que si tu manques de confiance en toi, tu ne séduiras jamais ; en revanche si tu en as, ça aide carrément.

Troisième commandement : pour plaire, rien de tel que de s'assumer. Une fois que tu es positif·ve avec toi-même et que tu prends soin de toi physiquement et mentalement, il est tout à coup beaucoup plus facile d'assumer qui on est. Par « assumer qui on est », j'entends être capable d'assumer ce qu'on veut, ce qu'on ne veut pas, ses points forts et aussi ses faiblesses. Et alors ça, attention, c'est le niveau au-dessus. C'est vraiment pas tous les jours facile mais si tu réussis à t'assumer sur tout ça, c'est jackpot, tu gagnes sur tous les tableaux. Ça commence évidemment par se poser la question de « tout ça » : qui tu es réellement, quels sont tes points forts, quelles sont tes faiblesses, tes erreurs, qu'est-ce que tu veux dans ta vie et qu'est-ce que tu ne veux pas ? Si tu réalises ce questionnement intérieur avec bienveillance, ça ne sera forcément que positif. Et si tu ne penses que du positif de toi-même, tu seras capable de t'assumer pleinement devant les autres, même au sujet de tes faiblesses. Par exemple, imaginons que tu n'aies encore jamais eu de relation amoureuse et que ce soit un sujet difficile pour toi. Si tu as eu l'occasion d'y réfléchir positivement en te disant que « ça finira bien par arriver, chacun·e son rythme et j'ai bon espoir que ça arrive bientôt, et puis de toute façon, j'aime la personne que je suis, je travaille positivement sur moi et il n'y a aucune raison que ça ne m'arrive pas bientôt », celui ou celle qui viendra te chercher des noises sur le sujet aura très peu de chances de trouver une brèche pour arriver à ses fins, puisque tu assumes déjà tes faiblesses – si tant est que n'avoir pas d'expérience soit une faiblesse, mais dans cet exemple, on partira du principe que tu le vis comme une faiblesse. Si tu assumes déjà, impossible de te déstabiliser puisque tu sais ce que tu vaux et donc tu sais que ton moment arrivera. C'est littéralement ce que l'on appelle la confiance en soi. Et s'assumer pleinement en tant qu'être humain, avec ses points forts et ses points faibles, c'est ultra séduisant. Pour continuer dans cet exemple, si tu pètes un plomb en insultant la personne qui osera dire publiquement que tu n'as jamais eu de relation, tu donneras une image très différente de si tu réponds posément : « Mais du coup pourquoi on parle de ça ? Je comprends pas où tu veux en venir ? » Tu vois l'idée ?

Bien entendu, s'assumer n'est pas toujours une chose facile. Je le disais, c'est un travail de tous les jours, mais c'est aussi une façon de se respecter et de se faire respecter au quotidien. Par exemple, imaginons un début de relation : toi, tu recherches du sérieux, et tu te demandes ce que l'autre aimerait avec toi. Bien entendu, tu ne vas pas non plus brusquer les choses, on attend quelques jours, voire quelques semaines, avant d'amener la question. Mais si tu t'assumes pleinement, au bout de quelques semaines de relation, si le sujet n'est toujours pas venu naturellement sur la table, tu vas assumer ce que tu veux, et surtout, tu vas assumer de vouloir savoir ce que l'autre veut. Pour ce faire, tu vas confronter l'autre en osant lui poser clairement la question :

- déjà parce que, comme tu t'assumes, tu n'as pas peur de la réponse : si c'est oui, tant mieux, et si c'est non, ça voudrait dire que vous ne voulez pas la même chose. Or, comme tu assumes et respectes ce que tu ne veux pas, tu ne voudras de toute façon pas de quelqu'un qui ne veut pas la même chose que toi. Tu n'auras donc aucun mal à laisser partir l'autre ;
- ensuite, parce que tu sais aussi qui tu es, ce qui fait que tu n'as pas peur de ce qu'on pourrait penser de toi si tu poses cette question : tu n'es pas un·e hystérique, tu ne t'emballes pas « trop vite », tu ne déranges pas l'autre et tu n'as pas non plus l'attitude de quelqu'un qui va trop vite. Tu sais seulement ce que tu veux, ce que tu ne veux pas, et tu n'hésites pas à poser des questions quand tu as besoin de réponses.

Quand on me demande « comment plaire », pour moi, c'est ça, la clé. Prendre soin de soi mentalement en étant doux·ce et positif·ve avec soi-même, prendre soin de soi physiquement en étant propre, souriant·e, agréable, et grâce à ces deux éléments-là, prendre confiance en soi en s'assumant complètement tous les jours. Bien entendu, en plus de ça, tu peux développer ton charisme, ta capacité à faire des blagues, tu peux apprendre à jouer de la guitare et autres choses affriolantes autour de la séduction, mais ce qui compte vraiment, si tu souhaites plaire à quelqu'un, c'est qu'on t'aime pour qui tu es et pour ce que tu es réellement. Donc aucun intérêt d'essayer d'être quelqu'un d'autre, apprends seulement à vivre agréablement dans ton propre corps et dans ta propre vie, essaie au maximum de vivre en accord avec tes valeurs, ce que tu veux et ce que tu ne veux pas, le reste suivra instantanément.

16 / COMMENT SAVOIR SI ON PLAIT À QUELQU'UN ?

La première chose à retenir dans cette question, c'est que rien ni personne ne peut mieux y répondre que la personne concernée. Je suis donc très tentée de te dire « en allant lui poser la question ! » mais je me doute bien que tu y as déjà pensé et que cette option est absolument inenvisageable à tes yeux pour le moment. Pour savoir si tu plais ou non à quelqu'un sans le lui demander, on n'aura donc pas d'autre choix que de procéder par indices et suppositions, un peu comme au Cluedo.

Premier point, si tu veux savoir si tu plais à une personne, sache que le/la seul·e qui peut te répondre, c'est la personne en question. Les intermédiaires tel·le·s que les frères, sœurs, meilleur·e·s ami·e·s et autres « proches » ne doivent surtout pas être pris au sérieux. Exemple typique, imaginons que Germaine, la meilleure amie de Gertrude dont tu aimerais savoir si elle te kiffe ou pas, vient t'annoncer que Gertrude n'est pas du tout intéressée par toi parce qu'elle préfère Alfred. Toi forcément, tu crois

Germaine sur parole parce que c'est la meilleure amie de Gertrude, et tu passes à autre chose. Mais qui te dit que Germaine dit la vérité ? Qui te dit qu'elle n'est pas seulement jalouse ou envieuse de sa copine, ou même qu'elle te kiffe elle-même et donc qu'elle veut à tout prix empêcher une histoire entre toi et sa meilleure amie ? Tu n'en sais absolument rien.

Donc bien entendu, tu peux prendre en compte les informations données par des tiers, mais vérifie toujours tes infos à la source : seul·e l'intéressé·e est habilité·e à te dire si oui ou non tu lui plais. Et d'ailleurs, tu n'es même pas à l'abri que même l'intéressé·e te raconte n'importe quoi sur ce qu'iel ressent par peur d'être moqué·e, rabaissé·e ou autre. Donc n'hésite pas non plus à te fier à ton instinct et à suivre les indices.

Les indices qui peuvent laisser penser que quelqu'un s'intéresse à toi sont heureusement nombreux. Le tout premier, et c'est un indice universel, c'est le regard. Quel que soit ton genre, quelle que soit ton orientation sexuelle, quel que soit ton tempérament, que tu sois timide ou extraverti·e, quand tu kiffes quelqu'un, on est d'accord que tu as tendance à regarder régulièrement cette personne, même malgré toi ? Eh bien, il n'y a aucune raison pour que ce ne soit pas le cas en retour. Même si la personne dont tu aimerais savoir si tu lui plais est particulièrement discrète et timide, si cette personne te kiffe, elle te regardera régulièrement. Au-delà du regard, les indices qui peuvent laisser penser que quelqu'un te kiffe vont dépendre de son tempérament. Par souci de praticité on va appeler la personne dont tu te demandes si elle te kiffe « taon crush ». Même si c'est pas taon crush, ça fera des phrases plus courtes et plus faciles à comprendre – et moins reloues à écrire pour Mamie Nadia !

Si taon crush est particulièrement extraverti·e, on part du principe qu'iel n'est pas timide et donc qu'iel n'hésite pas à aller vers les autres. Aussi, l'observation ici doit être très fine : si taon crush vient régulièrement vers toi de façon tout à fait naturelle et sans aucune hésitation, c'est la preuve que cette personne t'apprécie, mais je n'irais pas jusqu'à dire que c'est suffisant pour penser qu'iel te kiffe. En effet, pour moi, quand quelqu'un d'extraverti te kiffe, OK, il vient te voir et tout, mais il sera toujours un peu moins avenant et naturel qu'avec les autres, tout simplement parce qu'on a tou·te·s peur d'être « cramé·e » quand on kiffe quelqu'un. Et du coup, taon crush se disant que, s'iel vient trop souvent te voir, iel va être « cramé·e », iel va faire beaucoup plus attention à ce paramètre et potentiellement moins venir te voir. Bon, après, si taon crush vient vraiment tout le temps te voir et ce beaucoup plus que les autres, à part si vous êtes meilleur·e·s ami·e·s, c'est potentiellement aussi un gros indice qu'iel te kiffe. Une personne extravertie n'hésitera pas non plus, si elle te kiffe, à t'envoyer des messages, à te solliciter, à t'appeler, à te proposer des sorties, à se confier à toi, à s'intéresser beaucoup à toi, à se montrer présent·e et à l'écoute pour toi, à te complimenter, te taquiner... Observe bien tous ces paramètres. S'ils sont validés, tu as de fortes chances pour que la personne en question te kiffe, surtout si elle le fait particulièrement plus avec toi qu'avec les autres. Maintenant, si elle fait plein de choses comme ça mais qu'elle le fait aussi avec les autres, s'il n'y a aucune différence particulière entre toi et les autres, deux options : soit elle te kiffe mais cache bien son jeu, soit tu n'es qu'un·e ami·e pour elle.

Si taon crush est plutôt timide, malheureusement pour toi, il risque d'être plus compliqué de déterminer s'iel te kiffe ou pas. En effet, les timides, les vrais, ce sont de petits chatons sauvages qu'il est si facile d'effrayer que, souvent, on n'en voit même pas le bout de la queue. Contrairement à un·e extraverti·e, qui s'iel te kiffe va être avenant·e avec toi, une personne timide va te fuir comme la peste, pour surtout ne pas se faire « cramer ». Parce que, si pour un·e extraverti·e, c'est relou de se faire cramer trop tôt, pour un·e timide, c'est un évènement qui s'apparente à une crise cardiaque. Même s'iel rêve de toi en secret, iel n'osera jamais faire ce que j'appelle un *moove*[1]. Du coup, s'il n'y a pas de *moove* et qu'en plus la personne cherche à disparaitre dès que tu apparais, BONNE CHANCE pour décrypter l'indécryptable ! Mais ne t'inquiète pas, Mamie Nadia a bien étudié nos ami·e·s les timides, et je peux malgré tout te donner quelques éléments pour pouvoir déterminer si taon crush timide te kiffe ou pas. Comme je le disais, si tu constates qu'iel cherche à fuir la pièce dès que tu es là, s'iel n'ouvre surtout pas la bouche en ta présence, n'ose pas du tout te regarder alors que ça ne semble pas poser trop de problème avec les autres, s'iel rougit quand tu lui parles et/ou balbutie, tu as de grandes chances pour que cette personne te kiffe un peu. Le fait qu'un·e timide perde totalement ses moyens en ta présence, c'est le moyen le plus évident de le/la démasquer. Bien entendu, un·e timide, même s'iel te kiffe, n'osera en principe jamais t'écrire spontanément un message et encore moins te proposer de vous voir, sauf excuse ultra béton, par peur de te déranger ou d'être lourd·e ou autre bêtise due à son manque de confiance en soi.

Attention, les deux exemples que je viens de te donner sont plus ou moins ce qu'on peut considérer comme des extrêmes : l'extraverti·e et le/la timide existent tel·le·s quel·le·s dans la vie, mais on croise souvent des personnes qui s'équilibrent entre quelques traits extravertis et d'autres timides. Aussi, il est important que tu adaptes ces indices en fonction de la personnalité de taon crush. Par exemple, certaines personnes semblent très extraverties

1. Faire un *moove* dans le vocabulaire de Mamie Nadia, c'est faire une action qui laisse sous-entendre suffisamment clairement que tu t'intéresses à la personne. Ça peut être un message, un compliment, un sous-entendu, une blague ou même un geste, mais l'idée, c'est que ça ne laisse que très peu de place à la mauvaise interprétation. Et c'est bien de faire un *moove* de temps en temps, surtout si votre histoire stagne un peu.

et pleines de confiance en elles, mais quand il s'agit de sentiments, elles sont tout à coup très réservées et n'osent rien laisser paraitre. Ce type de profil est un des plus difficiles à décrypter parce qu'il s'agit de personnes extraverties et timides à la fois. À toi d'analyser la personnalité de taon crush et d'adapter les résultats de ton enquête en fonction !

Nota bene : s'il s'agit de quelqu'un que tu kiffes vraiment et que tu te casses la tête depuis des mois pour savoir s'iel te kiffe, à un moment, mon petit, il est peut-être temps de prendre ton courage à deux mains et d'oser enfin faire un *moove*, toi aussi. Tu n'es même pas obligé·e de lui demander ce qu'iel ressent pour toi ! Si par exemple tu sous-entends très clairement à la personne que tu la kiffes, à toi de voir sa réponse. Et si la réponse n'est pas claire, à terme, sache que tu as aussi le droit de poser clairement la question et d'espérer une réponse claire en retour. Si par malheur ton interlocuteur·rice n'est pas foutu·e de t'en donner une, s'iel te répond un truc bâtard, genre « J'ai besoin de temps pour réfléchir » ou « Je sais pas trop, tu me prends de court, là... », j'ai tendance à appliquer cette phrase qui est terriblement vraie : *tant que c'est pas oui, c'est que c'est non.* Et si c'est non, ça fout les boules, c'est vrai, mais en réalité, ça n'est pas grave ! Commence par te féliciter d'avoir osé franchir le pas, osé poser la question et obtenir la réponse. Parce que tout le monde ne peut pas en dire autant et que tu es sorti·e de ta zone de confort pour le faire. En cas de « non », la bonne nouvelle, c'est que maintenant tu es fixé·e et tu peux commencer à passer à autre chose. Et en cas de « oui », bien sûr... c'est la teuf !

17/ JE NE PLAIS JAMAIS À PERSONNE, J'EN AI MARRE...

Aïe. Si tu penses réellement ça de toi, c'est peut-être que tu as un petit tour à faire sur la question « Comment plaire et être séduisant·e ? ». Je te conseille vivement de la lire, relire et re-relire jusqu'à ce que ça rentre dans ta petite tête : sois doux·ce et positif·ve avec toi-même, c'est une des clés essentielles de la séduction.

Si, malgré les bons conseils de la question « Comment plaire et être séduisant·e ? » – en toute modestie, hein, mais bon, je sais que ça fonctionne, c'est testé et approuvé –, tu te prends quand même râteau sur râteau, il y a peut-être quelque chose qui cloche dans ton opération séduction.

Quand je demande aux gens qui sont dans cette situation comment ils draguent, la réponse est souvent édifiante :

- soit ils passent de zéro à cent, c'est-à-dire qu'ils vont déclarer leur flamme à quelqu'un à qui ils n'ont jamais adressé un mot de leur vie ou presque, ce qui donne un effet un peu *creepy* sur les bords et fonctionne rarement ;
- soit ils y vont trop vite ou trop lourdement, et la lourdeur, je ne t'apprends rien, c'est pas la meilleure méthode pour séduire ;
- soit ils n'y vont pas du tout et là, forcément, ça ne peut pas aboutir puisque ça n'avance pas, toi-même tu sais !

Je vais commencer par t'expliquer plus en détail pourquoi ces façons de faire ne fonctionnent pas.

Celleux qui « ne font pas » sont celleux qui kiffent quelqu'un en secret mais sont si timides qu'iels ne franchissent jamais le pas d'aller adresser la parole à leur crush. Du coup, forcément, si tu n'adresses jamais la parole à taon crush, soit iel n'a pas conscience que tu existes, soit iel te connait seulement de vue mais ne s'intéresse pas à toi, pensant que tu ne t'intéresses pas non plus à lui ou à elle. Si tu fais partie de celleux qui « ne font pas », il n'est pas étonnant que tu aies le sentiment que personne ne s'intéresse à toi. Déjà parce qu'il est possible qu'un·e grand·e timide s'intéresse également à toi en secret mais n'ose pas t'aborder, pensant que tu ne t'intéresses pas à lui ou à elle en retour, ensuite parce qu'une des clés dans la séduction, j'en parlais dans la question « Comment plaire et être séduisant·e ? », c'est de s'assumer. C'est scientifiquement prouvé par Mamie Nadia[2], il est beaucoup plus facile de pécho quelqu'un en face de qui tu assumes complètement que tu le/la kiffes plutôt qu'en lui faisant croire qu'iel n'existe pas à tes yeux. Parfois même, une personne qui n'aurait peut-être jamais envisagé de s'intéresser à toi peut commencer à t'envisager différemment juste en apprenant que tu le/la kiffes. Et puis surtout, soyons honnêtes, kiffer quelqu'un et plaire en retour, c'est un échange. À part pour un·e crush plus ou moins fantasmé·e parce que tu ne connais pas la personne en réalité, kiffer quelqu'un avec qui on n'a encore eu aucun échange, ça n'arrive quand même pas très souvent.

Et donc voici ce qu'il fallait démontrer : si toi-même tu ne parles pas à beaucoup de gens, il est tout à coup plus facile d'envisager pourquoi personne ne s'intéresse à toi. Aussi, si tu veux contrer ce problème et faire en sorte que plus de gens s'intéressent à toi, essaie autant que possible de t'ouvrir aux autres. Même si ce n'est pas intéressé amoureusement parlant, va vers elleux, échange avec elleux, passe du temps avec les autres, tu y gagneras forcément. Se sociabiliser, c'est enrichissant, en principe c'est agréable, ça permet d'apprendre à connaitre les autres et aux autres d'apprendre à te connaitre, et pourquoi pas *a fortiori* de s'intéresser particulièrement à toi ! Mais forcément, si tu ne fais rien de tout ça… ça ne risque pas d'évoluer de sitôt. À toi de voir !

La catégorie de celleux qui passent de zéro à cent n'est pas très éloignée de celle dont on vient de parler. Celleux qui font ça sont souvent de grand·e·s timides qui n'ont jamais adressé la parole à leur crush, ou alors une ou deux fois, mais uniquement parce qu'iels n'avaient pas d'autre choix, mais contrairement à celleux qui « ne font pas », tout à coup iels se chauffent et déclarent leur flamme.

---

2. Donc c'est pas du tout prouvé mais crois-en mon expérience, mon petit.

Alors quand même, soulignons-le, si tu es particulièrement timide et que tu réussis à faire ça, c'est un sacré exploit en termes de sortie de zone de confort, et rien que pour ça, tu as toutes mes félicitations. Malgré tout, si tu l'as fait, tu as dû le constater, tu as très peu de chances que la réponse ait été « Oh mon Dieu, moi aussi je t'aime et je veux sortir avec toi ! », et tu t'es du coup sans doute pris un bon râteau, je vais t'expliquer pourquoi.

Mettons-nous à la place de taon crush : imaginons que Dominique – prénom neutre, ultra pratique – te kiffe en secret. Toi, Domi, tu le/la connais de loin, tu vois qui c'est, m'enfin tu t'en fous un peu, quoi, c'est pas particulièrement taon pote. Tu fais ta *life* tranquillement sans le/la calculer, normal, puisque vous ne vous connaissez pas. Imaginons qu'un beau jour Dominique sorte de nulle part et te fasse une mégadéclaration d'amour en te disant qu'iel t'aime depuis toujours et aimerait se mettre en couple avec toi. Qu'est-ce qu'il se passe dans ta tête à ce moment-là ? En principe, sauf manque affectif énorme, tu regarderais ce·tte bon·ne Domi et tu lui dirais quelque chose du style « Euh ben, c'est gentil Dominique, mais euh... tu dis que tu m'aimes, mais tu me connais pas donc je sais pas, c'est un peu bizarre... », non ? Spontanément après cette *full* décla, tu ne penserais pas à si ça a été difficile ou pas pour lui/elle de venir t'avouer ses sentiments, ni s'ils sont profonds ou pas, tout ce que tu vas voir, c'est que toi, tu le/la connais pas, que c'est un peu chelou qu'iel te « kiffe » alors qu'iel ne te connait pas, tu vas trouver ça bizarre, voire flippant, et tu vas fuir ce·tte pauvre Domi jusqu'à la fin de ses jours parce que ça t'aura mis·e mal à l'aise et que tu n'auras pas envie d'être confronté·e à ça de nouveau. On est d'accord ? Bon. Eh ben, dis-toi que si c'est toi qui fais une *full* décla sortie de nulle part à quelqu'un, c'est exactement ce qu'iel pensera en retour. Or, c'est clairement pas l'objectif.

Du coup, si tu veux contrer ce souci, la meilleure option, c'est d'y aller *step by step* : au lieu de déclarer ta flamme à Domi sans le/la connaitre, prends la peine d'essayer de devenir au moins une bonne connaissance à ses yeux avant ! Rapproche-toi de lui ou d'elle, apprenez à vous connaitre petit à petit, et une fois que vous serez suffisamment proches pour vous saluer tous les matins, avoir vos numéros respectifs et vous envoyer quelques messages de temps en temps, LÀ tu pourras carrément déclarer ta flamme à Domi sans que ça ne donne un effet *creepy*. Alors je sais, ça prend du temps, c'est pas facile, surtout quand on est timide, mais crois-en l'expérience de Mamie Nadia, tu as 100 % de chances en plus d'avoir une réponse favorable en apprenant à connaitre Dominique avant de te déclarer, plutôt qu'en lui déclarant ta flamme sortie de nulle part. À toi de voir, mais avoue que ça vaut le coup d'essayer.

Outre les grand·e·s timides, il y a celleux qui en font trop, trop vite. Leur manque affectif est si grand ou iels sont tellement pressé·e·s d'être en couple ou les deux qu'iels ne prennent pas le temps de laisser un jeu de séduction s'installer, et iels ruinent tout le charme de l'ambigüité en insistant, en allant trop vite ou en étant trop lourd·e·s. Si tu fais partie de celleux-là, il va falloir apprendre à lever le pied, mon petit. Que tu sois en manque affectif et que tu aies besoin de le combler, je comprends. Que tu sois pressé·e d'être en couple avec taon crush, je le comprends aussi. Mais il faut impérativement que tu saisisses qu'en matière de séduction, plus tu cherches à bruler les étapes, plus t'as de chances que ça te passe sous le nez, je vais t'expliquer pourquoi.

Toujours pareil, mettons-nous à la place de taon crush : imagine que ce·tte bon·ne Domi s'intéresse à toi. Jusque-là, tu ne t'étais jamais trop penché·e sur lui ou sur elle, mais là tout à coup, iel commence à te faire un peu de charme et tu trouves ça bien agréable. Imagine, iel t'envoie un petit message. T'es saucé·e, tu réponds, vous discutez un peu, c'est top. Naturellement, la conversation se termine, après quoi tu vas penser à Domi, tu vas te demander ce qu'iel fait, avec qui iel est, s'iel pense à toi, bref, tu vas le/la désirer parce que tu ressentiras un *manque* après ces messages, et du coup, tu vas *espérer* les prochains messages. Ça, c'est exactement l'effet recherché. C'est pour ça qu'on dit qu'il faut savoir se faire désirer de temps en temps : en laissant des moments de vide, on laisse le temps à l'autre d'espérer un peu plus. Restons toujours dans les pompes de taon crush ; si, à l'inverse, pendant cette conversation, Domi t'envoie cinquante messages à la seconde, qu'iel n'attend jamais que tu aies répondu pour t'en renvoyer d'autres avec toujours plus de questions, que la conversation dure des jours et ne s'arrête jamais, tu ne penses pas que tu vas rapidement saturer ? Moi je pense que si, et c'est exactement le souci de celleux qui en font « trop, trop vite » : comme iels en font « trop », il n'y a jamais un moment de manque et l'autre n'espère jamais un signe de leur part, puisqu'iels sont déjà saturé·e·s de messages et autres *mooves* qui, par définition, finissent par devenir envahissants.

« La phrase clé dans la séduction, c'est « un peu, mais pas trop ». »

La phrase clé dans la séduction, c'est « un peu, mais pas trop », c'est-à-dire qu'il faut « laisser comprendre à l'autre qu'on le kiffe un peu, mais pas trop » ! Or, si tu ne laisses jamais le temps à l'autre de venir à toi, si tu es en permanence en train de le/la solliciter, si ta pensée première, c'est « je veux surtout pas qu'iel pense que je ne pense pas à iel », tu vas juste faire saturer l'autre ! C'est comme avec les bonbons, les gâteaux, le chocolat, le McDo, le Nutella ou ce que tu veux, si tu en prends un peu de temps en temps, c'est cool ; mais si tu ne manges que ça, t'en peux plus et t'es malade. C'est exactement pareil en matière de séduction. Ne donne pas tout, tout de suite, alors qu'on ne t'a rien demandé ; laisse l'autre venir à toi de temps en temps ! Laisse votre relation être équilibrée, sinon l'autre se sentira envahi·e, et qui dit envahi·e dit saturé·e, et qui dit saturé·e dit râteau assuré. En plus, ça rime !

18 / COMMENT CHANGER SON STYLE DE SÉDUCTION SI CELUI QU'ON A NATURELLEMENT NE FONCTIONNE PAS ?

Comme on le disait dans la question « Comment plaire et être séduisant·e ? », notre capacité à plaire dépend, entre autres, de la confiance en soi et de l'amour de soi. Je fais une petite distinction entre « plaire » et « séduire ». À mon sens, plaire à quelqu'un, ça se fait plus ou moins naturellement au fur et à mesure du temps. Plus on apprend à se connaitre, plus on se rend compte que « oh là là, cette personne se rapproche vraiment de ce que j'aime et de ce que je recherche ! Elle me plait ! ». Séduire est une autre paire de manches. Il me semble que l'art de la séduction se définit plutôt dans l'action, alors que le fait de plaire ne dépend finalement que de critères sur lesquels on n'a pas toujours la main.

Il existe mille et une techniques de séduction :

- Certaines techniques privilégient le « rentre-dedans », en d'autres termes, faire comprendre sans équivoque à l'autre qu'iel nous plait, seul·e à seul·e comme en public.

- D'autres techniques prônent plutôt l'ambigüité, le fait de jouer un peu sur le « un jour oui, un jour non » afin de créer le manque aux yeux de la personne visée.
- Pour les plus réservé·e·s, la technique « garder le mystère » est très pratique : il s'agit de parler peu, laisser l'autre venir à soi, se dévoiler peu, ce qui crée naturellement le manque auprès de celui ou celle qui s'intéressera à cette personne.

En fonction de ta personnalité, ta technique de séduction s'inscrit sans doute déjà naturellement plus ou moins dans une de ces techniques. Malgré cela, il arrive que la personnalité de la personne que tu convoites ne colle pas du tout avec ta technique de séduction naturelle. Par exemple, imaginons que tu sois particulièrement extraverti·e et que tu cherches à séduire un·e timide. Si tu commences à lui faire du rentre-dedans devant tout le monde alors que cette personne aime rester discrète, plutôt que de l'attirer dans tes filets, tu risques de le/la faire fuir à toute vitesse, tant la mise en spectacle serait insupportable pour lui ou pour elle. Si tu te retrouves dans une situation similaire, il peut effectivement être intéressant de remettre en question ta technique de séduction. Attention, tu peux bien entendu l'adapter, mais n'oublie pas que dans la séduction, il est essentiel de rester soi-même et de ne surtout pas chercher à être quelqu'un d'autre. Tu recherches quelqu'un qui t'aimera pour ce que tu es, pas pour ta capacité à devenir quelqu'un d'autre pour parvenir à tes fins. Donc adapter ta technique de séduction en devenant plus ou moins discret·ète par rapport à tes habitudes, pourquoi pas, mais à aucun moment ça ne doit te paraitre pénible ou désagréable, sinon c'est un *red flag* important qui signifie que cette personne n'est tout simplement pas faite pour toi, auquel cas, *NEXT* !

Du coup pour répondre à la question « Comment changer son style de séduction si celui qu'on a naturellement ne fonctionne pas ? », j'aurais tendance à dire qu'il suffit d'observer un peu la personnalité de taon crush et d'aviser en fonction. S'iel est particulièrement timide, on peut penser que cette personne appréciera la discrétion – on s'en doute, mais ce n'est pas toujours vrai, donc sois attentif·ve à ce qu'iel aime surtout. En admettant que taon crush préfère la discrétion, sois discret·ète autant que tu peux, privilégie la délicatesse, et évite de vous donner en spectacle ou d'en parler à trop de monde. S'iel est intermédiaire, tente des petites choses, vérifie ses réactions et avance à tâtons, en fonction. Sois clair·e sur tes intentions certains jours, puis plus discret·ète d'autres jours, histoire de voir s'iel en profite pour venir vers toi, et adapte la suite en fonction. S'iel est particulièrement extraverti·e, n'hésite pas – si tu t'en sens capable et que tu en as envie – à le/la complimenter en public, le/la taquiner, bref, lui faire du vrai rentre-dedans. De la même façon, évalue bien ses réactions et continue d'avancer en fonction. Dans tous les cas, n'oublie pas que, même en t'adaptant, parfois, certaines personnes ne seront juste pas attirées par toi, et ce n'est pas grave. C'est même tout à fait normal, on ne peut pas plaire à tout le monde[3]... Il faut seulement l'accepter.

Pour conclure ce point, si tu sens que ta technique naturelle de séduction ne fonctionne pas particulièrement sur taon crush actuel·le, la clé, c'est de tenter de nouvelles choses petit à petit, et d'avancer en fonction vers ce qui semble fonctionner le mieux.

19 / COMMENT PROPOSER UN *DATE* ?

Comme nous vivons dans une ère technologique, je vais répondre en deux parties à cette question, parce que proposer un *date* à quelqu'un en face à face, c'est pas tout à fait la même chose que par message.

---

3. Plaire à tout le monde, ce serait plaire à n'importe qui, comme dirait l'autre.

Proposer un *date* par message

Si tu comptes proposer un *date* à taon crush par message, bien que ce soit l'option la plus confortable parce que celle qui nécessite le moins de sortir de sa zone de confort, il y a des petites règles de base à appliquer. Bien entendu, comme pour la déclaration de tes sentiments, on ne passe pas de zéro à cent d'un coup. Avant de proposer un *date*, tu dois déjà te procurer une façon de discuter avec taon crush par message. Que ce soit les réseaux sociaux, les applications de rencontres, son numéro de téléphone ou même son mail, à partir du moment où iel répond, c'est largement suffisant. Commencez par discuter un peu, et profites-en pour jauger son intérêt envers toi : plus iel relancera la conversation et te posera des questions, plus il est possible qu'iel s'intéresse à toi. Après quelques conversations sur plusieurs jours différents, tu peux tenter d'aborder le sujet des relations amoureuses, afin de savoir s'iel est bien célibataire, où iel en est, et éventuellement ce qu'iel recherche. De la même façon, s'iel s'enquiert de savoir dans quelle situation amoureuse tu es toi aussi, il est plus probable que ton intérêt soit partagé, contrairement à s'iel ne te pose aucune question en retour sur ta situation – sauf personne ultra timide. Si tu sens que l'intérêt semble partagé, à ce moment-là, vous êtes fin prêt·e·s pour la proposition. Petit *tip* concernant ces conversations : ne cherche pas à les faire durer désespérément si tu n'as plus rien à dire. Il vaut mieux terminer une conversation pour avoir le plaisir de discuter à nouveau quelques heures ou jours plus tard, plutôt que de la faire durer sans avoir rien à dire. Si tu n'as rien à dire, tu ne seras pas intéressant·e. Si t'es pas intéressant·e, tu n'es pas séduisant·e. Donc même si je sais que le plaisir de discuter par message avec saon crush est tellement doux qu'on pourrait le faire durer inlassablement, il faut accepter que la conversation prenne fin de temps en temps.

Pour proposer un *date*, j'ai tendance à penser que surtout, il ne faut pas en faire des caisses, ni chercher à se cacher derrière une excuse bidon. Puisque tu as eu le temps de capter que l'intérêt semble mutuel, inutile de faire genre vous allez boire un verre pour enfiler des perles. Sois direct·e, et propose ton *date* sans ronds de jambe : « Coucou ! Ça va ? Ça te dit qu'on aille se boire un verre cette semaine ? », et t'as pas besoin de dix détails, raisons ou excuses pour lesquels tu veux boire un verre avec lui/elle. Depuis le temps que vous papotez, vous vous doutez bien l'un·e et l'autre des raisons pour lesquelles vous allez boire un verre[4], alors il est temps d'assumer – parce que c'est sexy d'assumer.

Au moment où tu as proposé le *date* – déjà, bravo, parce que je sais que c'est pas facile de passer ce pas –, tu dois absolument être honnête avec toi-même concernant la réponse de taon crush. Si la réponse s'apparente à « Ah ben grave ! On se redit ça ! », sache que la traduction, c'est « Non ». Le « On se redit ça », c'est l'excuse de celleux qui n'assument pas de te dire « non ». Retiens bien que tant que la réponse n'est pas « oui » et que la conversation n'aboutit pas sur un jour, une heure et un lieu, c'est que la réponse est « non ». Bien entendu, il peut arriver que taon crush ait un emploi du temps serré et ait besoin de quelques heures pour pouvoir te dire si oui ou non iel est dispo tel soir dans la semaine, faut pas être trop rigide non plus, mais t'as compris l'idée : « Je te redis ça », au pire ça peut vouloir dire « Je te redis ça demain et c'est moi qui t'écris spontanément, sans que tu aies besoin de me courir après pour avoir une réponse ». Ça ne doit jamais signifier « Continue d'attendre des semaines et essaie de me reproposer un truc par désespoir d'ici là, parce que, moi, en vrai, je m'en fous de toi », sinon c'est

4. Bien entendu, je dis boire un verre parce que Mamie Nad, tu le sais, elle a tendance à kiffer le rosé, mais tu peux évidemment proposer une activité plus saine telle qu'une promenade, un tour de vélo, un ciné, un restau… Bref, t'as compris.

que la réponse est juste un « non » non assumé. Donc sois bien honnête avec toi-même et prends bien conscience de la réponse de taon crush.

Si par bonheur c'est un « oui », alors n'attends pas et fais bien en sorte, comme j'en parlais quelques lignes plus haut, d'aboutir sur un accord concernant une date, une heure et un lieu. Ça peut paraitre anodin comme ça, mais imagine, vous vous dites OK pour un *date* et puis vous n'avez pas le courage d'établir un jour, une heure et un lieu… Eh ben du coup, le *date* n'a juste pas lieu, parce que reprendre la conversation en mode « Bon ben du coup, on se voit quand ? », c'est le message relou que personne n'a envie d'envoyer, et paf ! Ça tombe à l'eau. Donc dès que la réponse est « oui », tu enquilles sans sourciller sur quel jour, quelle heure et où, quitte à proposer spontanément un truc du style « Cool ! Jeudi soir, c'est bon pour toi ? Je connais un bar pas mal du côté de *(insérer ici une destination pas trop loin ni de chez toi, ni de chez taon crush)*, on va là-bas si ça te tente ? » et là, quand l'autre t'a dit « oui » ou que vous avez modifié le jour, tu termines sur « Parfait, du coup vers *(insérer une heure)*, ça te va ? » et c'est dans la poche.

Proposer un *date* en face à face

Si tu souhaites proposer un *date* en face à face, comme je le disais, ça demande un peu plus de courage, mais en réalité pas tant que ça. Bien entendu, il s'agit de la jouer fine, pas d'arriver avec ses gros sabots en mode « Coucou, on s'est pas parlé depuis trois jours mais tu veux qu'on aille boire un verre que tou·te·s les deux demain soir ? ». Évidemment, non. On assume ce qu'on veut évidemment, mais nous sommes plus subtil·e·s que ça.

Dans l'idée, le processus est plus ou moins le même que par message : il s'agit de créer une proximité entre taon crush et toi qui fait que vous êtes suffisamment à l'aise pour vous dire bonjour tous les matins, venir spontanément voir l'autre sans raison apparente nécessaire, discuter ensemble facilement, rire ensemble, bref, avoir une relation amicale déjà présente. Idéalement d'ailleurs, au-delà de la relation amicale, si tu peux caler quelques actions un peu ambigües du style être un peu tactile ou autres, c'est tout bénef. Une fois que vous êtes suffisamment proches et à l'aise ensemble, tu as deux options :

- soit tu sors de but en blanc d'aller boire un verre ensemble, ce qui requiert une certaine confiance en soi, avouons-le ;
- soit tu essaies d'amener dans la conversation un sujet qui donnerait une excuse pour proposer un verre ou un moment à deux.

Par exemple pour la deuxième option, proposer de bosser ensemble sur un devoir, faire du sport, de la musique, aller acheter un truc en ville, n'importe quoi qui te permettrait de dire « Bah viens, on y va ensemble si tu veux ? T'es dispo quand ? ». Cette technique a le mérite d'être moins directe, et permet donc plus facilement une pirouette en cas de refus. En effet, si tu proposes cash « On va boire un verre tou·te·s les deux ? », le « non » en face à face est plus difficile à encaisser dignement – même si, attention, il n'y a aucune honte à se prendre un « non », mais bon, toi-même tu sais, ça fait mal – que si la question était « Bah viens, on y va tou·te·s les deux, t'es dispo quand ? ». Dans la deuxième option, garder la face avec une réponse du style « C'est pas grave, j'irai avec Germaine » est plus évident.

Même précision que pour la proposition de *date* par message ; si la réponse à ta proposition est « oui », il faut impérativement aboutir dans la même conversation à un jour, une heure et un point de rendez-vous, sinon tu as toutes les chances que ça tombe à l'eau, et retour à la case départ.

20 / COMMENT SE PASSE UN PREMIER *DATE* ?

Une fois que toutes les modalités d'approche, de proposition, de date, heure et lieu sont accomplies, il ne reste plus qu'à attendre le grand moment.

Au niveau de la préparation, bien entendu, si une heure avant l'heure prévue tu n'as toujours pas de nouvelles de taon crush, n'hésite pas à envoyer un petit message en mode « Coucou ! Toujours bon pour tout à l'heure ? ». Ça te permettra d'être bien sûr·ure que tu ne te pointes pas pour rien, et ne t'inquiète pas, ça ne fait pas relou·e ou collant·e, ça donne juste l'impression que tu veux bien avoir la certitude de ne pas te déplacer pour rien, ce qui parait somme toute légitime.

Au niveau de la préparation, ça peut paraitre évident, mais *just in case* : n'en fais pas trop. Tu vas à ce *date* pour apprendre à connaitre l'autre, et lui laisser bien sûr une chance d'apprendre à te connaitre en retour. Aussi, il n'est pas nécessaire de mettre dix tonnes de parfum si ce n'est pas ton habitude, pareil pour le maquillage, ni de te faire le plus beau brushing que la Terre ait connu si tu ne prends jamais cette peine. Tu n'as pas non plus besoin de sortir tes habits de lumière dans lesquels tu n'es de toute façon pas confortable. Si tu veux que ton *date* se passe bien, il faut que tu te sentes à l'aise. Et pour se sentir à l'aise, rien de tel que de faire comme d'habitude. Bien entendu, tu peux quand même faire un petit effort, te mettre en valeur, prendre une douche, faire en sorte de sentir bon, d'avoir l'air – voire d'être, c'est encore mieux – propre, et de mettre des vêtements particulièrement avantageux. OK, il faut rester soi-même, mais n'hésitons pas tout de même à nous montrer sous notre meilleur jour, c'est l'occasion. Mais voilà, comme j'aime le répéter, on se pomponne « un peu, mais pas trop ».

Une fois que tu es prêt·e, le grand moment arrive : il faut y aller. D'une manière générale, si tu peux faire en sorte de ne pas avoir une demi-heure de retard, c'est cool. Arriver cinq minutes après l'heure dite pour faire genre, pourquoi pas. Mais une demi-heure, ça frôle le manque de respect. Pas ouf comme première impression, toi-même tu sais.

Le moment où vous êtes enfin réuni·e·s tou·te·s les deux au même endroit est souvent un tout petit peu bizarre. J'irais pas jusqu'à dire que c'est gênant, mais il y a toujours cette petite atmosphère non dite de « On sait tou·te·s les deux pourquoi on est là, on fait genre c'est tout à fait normal, et on est potes, mais en réalité, on espère quand même que ça évolue dans le bon sens ». Mon petit conseil si ce moment te met mal à l'aise, c'est de parler. Soit tu fais des blagues, soit tu poses des questions à l'autre, soit tu racontes spontanément un truc cool, drôle ou surprenant qui t'est arrivé il y a peu de temps, mais l'idée, en gros, c'est de faire retomber la pression qui, selon les personnalités et expériences des deux concerné·e·s, peut être plus ou moins importante. Après ça, honnêtement, ça dépend de chacun·e, de chaque couple, de chaque *date*. L'ambiance sera évidemment très différente en fonction de ce que vous aurez prévu de faire ; un *date* dans un bar ne prendra pas les mêmes airs qu'un *date* à la salle d'escalade, d'où l'intérêt de bien décider avant de ce que vous ferez. Ensuite, il s'agit de papoter, d'apprendre à se connaitre, de se taquiner, d'être soi-même simplement, sincère sans trop se dévoiler – un peu mais pas trop, *always* –, de tenter des petites approches tactiles si tu le sens, bref. Avancer vers ton objectif, quoi.

Maintenant, bien sûr, ça, c'est dans l'optique où le *date* se déroulerait à merveille, que vous vous plaisez l'un·e l'autre et que vous avez envie d'avancer ensemble. Si le *date* tourne différemment, que tu te rends compte que finalement tu n'es pas intéressé·e ou que tu n'es pas sûr·ure que l'autre s'intéresse à toi, rendez-vous à la question suivante. Si ça se passe bien, on continue sur la partie croustillante.

La fin du *date*, c'est souvent un moment particulièrement important. Comme pendant tout le *date*, vous avez discuté, ri, vous vous êtes taquiné·e·s, etc., vous avez l'un·e et l'autre une idée plus ou moins précise sur le fait que vous vous plaisez réciproquement. À partir de là, certain·e·s aiment attendre le moment de se quitter pour se lancer dans la périlleuse tentative du premier baiser. Que ce soit toi ou l'autre qui fasse le premier pas, si tu en as envie, essaie de faire clignoter les signaux indiquant que tu es *open*. Raccompagnez-vous l'un·e chez l'autre, faites durer le moment, montrez-vous clairement que vous n'avez pas envie que ça s'arrête, bref, faites en sorte que ça arrive, si vous en avez envie.

Attention : un *date* réussi ne signifie pas forcément un premier bisou, et encore moins une première partie de jambes en l'air. Chacun·e fait comme iel en a envie bien sûr, mais garde bien en tête que si vous ne vous êtes pas embrassé·e·s au premier *date*, ça ne veut absolument rien dire sur la suite des évènements. Il y a des histoires merveilleuses qui démarrent en trombe dès le premier *date*, d'autres archinulles qui auront attendu cinq *dates* avant le premier bisou et vice versa.

L'important, c'est que tu ailles à ton rythme, que tu respectes celui de l'autre, et que vous soyez clair·e·s sur vos intentions – tout en restant un peu ambigü·e·s parce que c'est ça qu'on aime. En gros, l'idée est de se faire comprendre l'un·e l'autre qu'on se plait sans le formuler exactement comme ça. Et si le premier bisou arrive au premier *date*, c'est très bien ; s'il n'arrive pas, c'est très bien aussi. Encore une fois, ce qui compte, c'est que vous soyez suffisamment clair·e·s sur vos intentions pour savoir qu'il y a de l'espoir entre vous, et que vous respectiez vos rythmes respectifs.

Petite précision : si un premier *date* se termine en partie de jambes en l'air, ça ne fait pas de toi ni de l'autre un mec ou une meuf facile, un·e salop·e ou quelque qualificatif débile que certaines personnes fermées d'esprit pourraient associer. Si vous en avez envie tou·te·s les deux, faites-vous bien plaisir. De la même façon, que les choses aillent lentement ou rapidement, si ça vous correspond, si vos deux rythmes et envies sont respectés, tous les feux sont au vert. Et quoi qu'en disent les mauvaises langues frustrées, vous aurez bien raison d'en profiter, et surtout aucune raison de culpabiliser !

21/ QUE FAIRE SI JE ME RENDS COMPTE QUE JE NE SUIS PAS INTÉRESSÉ·E PAR MON *DATE* OU QUE JE NE L'INTÉRESSE PAS ?

Malheureusement, il arrive souvent qu'un *date* ne tourne pas si bien. Comme l'intérêt est d'apprendre à se connaitre, notamment pour les *dates* faisant suite à une rencontre *via* une appli, il arrive qu'on soit déçu·e, surpris·e ou autre, et qu'on n'ait juste pas envie de continuer ce moment. Il arrive aussi qu'on passe soi-même un très bon moment mais que l'autre n'accroche pas du tout en face. Ça, c'est l'option la moins agréable, et il faut bien sûr adapter son comportement en fonction.

Si tu te retrouves face à quelqu'un qui ne te plait pas...

Je te conseille de rester poli·e, et de ne surtout pas laisser de porte ouverte. Par exemple, si vous vous êtes retrouvé·e·s pour boire un verre, tu commandes un verre – histoire de faire en sorte que l'autre ne se soit pas déplacé·e pour rien –, et une fois ton verre terminé, tu écourtes l'instant poliment en prétextant n'importe quoi, qu'il est tard, que tu dois rejoindre des ami·e·s ou que tu es fatigué·e, et tu t'en vas. Inutile de commander cinq pintes de bière brune si la personne en face ne t'intéresse pas : rappelle-toi que dans un *date*, on est là pour chercher l'amour, pas pour se faire des ami·e·s. Une fois le *date* écourté – ouf ! –, essaie d'éviter de reprendre contact avec la personne. Bien sûr, tu peux envoyer spontanément un message du style « Hello, merci pour ce moment mais je pense que ça ne va pas le faire », mais tant que l'autre ne t'a pas particulièrement relancé·e, j'ai tendance à penser que ce n'est pas forcément nécessaire. Bien sûr, ça a le mérite d'être honnête, mais en admettant que l'autre ait déjà compris que tu n'étais pas intéressé·e et n'avait du coup pas prévu d'insister, se prendre ce genre de message dans la tronche de surcroit n'est pas forcément très agréable. C'est la raison pour laquelle je te conseille de ne pas recontacter la personne, puisqu'en principe, après avoir écourté le *date*, le message est suffisamment clair. En revanche, si l'autre te sollicite à nouveau, l'air de dire « J'ai pas du tout compris le stop que tu m'as mis », là, il est important d'être clair·e. Et attention, pas de « Aaaah mais le/la pauvre, je vais pas lui dire ça quand même ! » ou alors « Mais iel va être déçu·e ! ». La personne ne te demande surtout pas de pitié, juste de l'honnêteté. Et d'ailleurs, l'honnêteté, même sur ce point, ne nécessite jamais d'être désagréable ! Si tu reçois une proposition pour vous revoir et que tu n'es pas intéressé·e, tu peux répondre poliment et avec tact quelque chose comme « Coucou ! Je suis désolé·e, je pensais avoir été moins ambigü·e dans mon comportement… Je ne pense pas que ça puisse coller entre nous, du coup j'aime autant décliner ta proposition. Je te souhaite le meilleur dans ta recherche de l'amour ! Bises ». Je sais, ça peut paraitre un peu brutal quand c'est toi qui l'envoies, mais en réalité, il n'est rien de tel que la sincérité, surtout quand il s'agit d'un·e soupirant·e par lequel/laquelle tu n'es pas intéressé·e. Le message n'est évidemment pas très agréable à recevoir non plus, mais il a le mérite d'être clair, honnête, et de ne pas laisser l'autre dans l'espoir ou le doute. Après tu peux aussi choisir l'option plus lâche et ne simplement pas répondre ; c'est comme tu veux. Mais bon, c'est moins élégant.

Si tu as des doutes concernant l'intérêt de l'autre envers toi…

Là, c'est une autre histoire. Dans cette situation tout à coup, on se rend plus facilement compte de l'importance d'être honnête quand on n'est pas intéressé·e. Si, pendant le *date*, tu as des doutes sur le fait de plaire à l'autre, essaie de te dire que pour l'instant, ce n'est pas vraiment ton problème – j'ai bien dit « pour l'instant ». Si l'autre ne passe pas un bon moment et que toi non plus, retour au point précédent de cette question. Si l'autre ne passe pas un bon moment mais que toi oui, c'est à lui ou à elle de s'en dépêtrer. D'ailleurs, parfois, on croit que l'autre ne kiffe pas le moment à cause d'un grand manque de confiance en soi, et au final il s'avère qu'on s'est complètement planté·e ! D'où l'intérêt de ne pas prendre d'initiative contre son intérêt si on n'est pas sûr·ure de la réalité des choses. Du coup, plutôt que de prendre des décisions qui pourraient ne pas servir tes intérêts, il est temps d'être un peu observateur·rice : si tu as déjà un doute concernant l'intérêt de l'autre envers toi, et qu'en plus, iel a l'air d'écourter le *date*, il est possible que tes doutes soient effectivement fondés. De l'autre côté, si tu as des doutes mais que l'autre continue de passer du temps avec toi, de te poser des questions, de s'intéresser à toi, de proposer une nouvelle activité ou recommande d'autres verres, soit iel a du temps à perdre, soit iel passe effectivement un bon moment, contrairement à ce que tu aurais pu penser !

22 / COMMENT RELANCER DE FAÇON NATURELLE APRÈS UN PREMIER *DATE* ?

Si tu avais quelques doutes concernant l'intérêt de l'autre, fondés ou pas, tant qu'iel n'a pas été clair·e, c'est qu'il y a de l'espoir. Si tu es assez sûr·ure de toi concernant le fait que vous vous plaisez quoi qu'il en soit, c'est ce qu'on appelle une bonne nouvelle.

Dans tous les cas, afin de ménager ton petit effet, je te conseille d'attendre un minimum avant de relancer taon crush. Je ne te parle même pas d'une règle de tant de jours parce qu'en réalité il n'y a pas de règle, juste de ne pas te précipiter. Typiquement, tu peux tout à fait, si tu es pressé·e, envoyer un message dès le lendemain de votre *date*. Simplement, évite peut-être de l'envoyer dès ton réveil. L'idée est de se faire un peu désirer sans pousser les choses à leur extrême. Si le *date* s'est bien passé, ce petit moment du lendemain matin où on pense à ce qu'il s'est passé la veille, à l'autre et à ce qu'iel peut bien être en train de faire est assez doux, et ça vaut le coup de le laisser vivre sans l'interrompre par des nouvelles, parce que c'est précisément le moment où, si tout s'est bien passé, tu es désiré·e. Donc encore une fois, sans parler d'attendre minimum trois jours, fais en sorte d'attendre au moins la matinée du lendemain avant de te manifester.

Après, tu fais absolument ce que tu veux : un petit message pour simplement dire qu'on a passé un bon moment, une blague ou au contraire un silence radio, c'est comme tu le sens, comme tu préfères. Si tu veux mon avis, le meilleur timing, c'est précisément d'envoyer un petit message sans proposition de nouvelle entrevue dans les 48-72 heures suivant le *date*, l'air de dire « Coucou, je t'aime bien, je te l'ai fait comprendre pendant le *date* et je te le confirme ici », en envoyant, comme je te disais, une blague, quelque chose de sympa et léger, histoire de voir la réponse de l'autre et prendre un peu la température. Si tu sens que l'autre te répond joyeusement aussi, c'est toujours bon signe. Maintenant, attention avec les messages ; certaines personnes ne sont pas du tout branchées téléphone, vont mettre trois jours à répondre, et ça ne voudra pas du tout dire qu'elles ne sont pas intéressées par toi pour autant, donc attention aux conclusions hâtives.

Une fois que ce message est envoyé, à mon sens encore une fois puisqu'il n'y a vraiment pas du tout de règle en matière de proposition du deuxième *date*, tu peux attendre encore un jour ou deux, puis demander à l'autre s'iel est dispo bientôt pour remettre ça. De la même façon que pour le premier *date*, sois honnête avec toi-même concernant la réponse de l'autre : tant que c'est pas oui, c'est que c'est non. Bien entendu, si l'autre te devance et propose de vous revoir avant même que tu n'aies eu le temps de le faire, c'est dans la poche et on est très content·e·s !

23 / COMMENT PROPOSER À L'AUTRE DE SE METTRE OFFICIELLEMENT EN COUPLE ?

Lorsque tu commences à t'intéresser à quelqu'un et que vous passez un peu de temps ensemble, la question du « Tu recherches quoi en ce moment ? » arrive très souvent dans la conversation. À cette question, il est absolument essentiel que tu sois honnête avec la personne en face de toi, surtout si vous êtes en phase de séduction. En effet, quoi que tu recherches et quoi que l'autre recherche, être honnête permet toujours d'aboutir à des fins plus heureuses : si vous recherchez la même chose, c'est bingo ; si vous ne recherchez pas la même chose, il s'agit d'être raisonnable et de ne pas avancer plus loin dans une relation vouée à l'échec. Malheureusement, souvent, beaucoup de personnes n'assument pas leurs attentes, notamment lorsqu'elles recherchent du sérieux. Elles le dissimulent l'air de dire « Non mais on verra bien ce que l'avenir nous réserve, haha ! », font la sourde oreille quand leur crush précise clairement qu'iel ne cherche qu'un plan cul, et se retrouvent le bec dans l'eau après deux mois d'entrevues, une fois qu'iels sont bien attaché·e·s à leur plan cul qu'iels espéraient en silence voir se transformer en relation sérieuse.

Tu l'auras compris, le plus important avant toute chose, c'est d'être très clair·e sur ce que tu recherches, et ce dès les premières conversations qui le permettent. Il ne s'agit bien sûr pas de lâcher cette information sortie de nulle part entre le fromage et le dessert, tu peux évidemment attendre le moment opportun, mais tu dois être clair·e sur ce que tu veux, et tu dois également avoir une idée claire de ce que l'autre recherche. Attention, tant que la réponse de l'autre n'est pas « Je recherche du sérieux », c'est très souvent qu'iel cherche du cul, a compris que tu recherchais plus, mais préfère faire la sourde oreille, histoire de profiter du petit faible que tu sembles avoir pour lui ou pour elle. Iel peut rechercher un *sexfriend* comme un plan cul régulier ou un *one shot*, mais dans tous les cas, si la réponse te semble évasive, c'est qu'iel ne recherche pas du sérieux.

La réponse évasive à ce sujet, notamment si tu es toi-même à la recherche d'une relation sérieuse, c'est ce qu'on appelle un *red flag* : quelqu'un qui recherche quelque chose de moins sérieux que toi aura toujours le rôle le moins difficile à vivre. En effet, plus tu espères de l'engagement, plus tu t'attaches, plus tu nourris de l'espoir, et plus tu tombes de haut quand on t'explique que « Bah non, désolé·e, je ne veux que du cul ». Donc prends bien garde à ton petit cœur, et surtout, n'aie pas peur d'assumer ce que tu veux et particulièrement ce que tu ne veux pas, en coupant court aux relations dans lesquelles tu espères plus que l'autre.

Si tu as suivi ces précieux conseils, en principe, une fois que tu fréquentes l'autre depuis quelques semaines et que tu sais que vous recherchiez justement tou·te·s les deux du sérieux, forcément, aborder la question « Du coup, est-ce qu'on est un couple ? » est plus facile que dans l'hypothèse où tu sais que l'autre ne veut rien de sérieux alors que, toi, si. Dans tous les cas, quelle que soit la situation, et surtout si tu sais que vous n'espériez pas la même chose au départ, il est impératif que tu assumes enfin ce que tu n'as pas osé assumer jusqu'à maintenant : tu veux du sérieux, de l'engagement, tu ne veux pas d'une relation non exclusive, et si cette relation n'a pas vocation à le devenir, alors tu te retrouves dans le regret de devoir arrêter. Bien entendu, tu n'as pas besoin de l'annoncer aussi froidement ni de le faire de but en blanc, tu peux tout à fait y mettre les formes. Malgré tout, il est important qu'au bout de quelques semaines de fréquentation, tu trouves le courage d'amener cette conversation et de t'en tenir à ce que tu veux et ne veux pas. Pas de compromis avec les besoins essentiels[5], c'est la règle.

Si la réponse n'est malheureusement pas celle que tu espères, il est temps de respecter tes attentes et de partir. C'est un choix difficile, mais c'est littéralement ce qu'on appelle un mal pour un bien. Si cette personne n'est pas prête à t'offrir ce dont tu as besoin, non, elle n'est pas faite pour toi. Et si, tu trouveras forcément « mieux » ou « aussi bien », puisque tu finiras forcément par trouver quelqu'un qui s'intéresse à toi et qui aura en plus l'avantage de t'offrir ce que tu veux réellement. D'ailleurs, tu as le droit, toi aussi, de vivre une relation qui te satisfait pleinement. Tu as le droit de faire valoir tes envies et de fuir ce qui ne te convient pas, pour partir en quête d'une histoire qui te correspondra mieux. Ce n'est heureusement pas réservé aux autres, il suffit seulement, pour l'avoir aussi, de respecter ses besoins essentiels : ce qu'on veut et ce qu'on ne veut pas. Ça peut prendre du temps, c'est vrai, mais ça vaut vraiment le coup.

5. J'appelle « besoins essentiels » tous les besoins qui font partie de toi, que tu n'assumes peut-être pas forcément, mais qui te sont indispensables. Chez certain·e·s, l'exclusivité, la présence, donner et recevoir beaucoup d'amour sont des besoins essentiels quand d'autres auront au contraire un besoin essentiel d'indépendance et d'espace. Les besoins essentiels sont propres à chacun·e et ne dépendent pas de la volonté de la personne en question. Ils sont simplement présents et ne peuvent jamais, ni sous aucun prétexte, être négligés si on souhaite une relation heureuse, saine et équilibrée.

“Si tu te retrouves face à quelqu’un qui est « puceau » ou « pucelle », ça peut rebuter un peu. Non pas par dégout, mais par peur.”

24 / J'AI RENCONTRÉ QUELQU'UN DE SUPER MAIS IEL EST PUCEAU·ELLE, QUE FAIRE ?

Alors. Alors. Alors. Je vais tenter une phrase super philosophique de ma composition : Mozart ne savait pas jouer du piano avant d'avoir essayé son apprentissage, et pourtant il s'est révélé un grand maitre ! Bon. Tu vois où je veux en venir ? Il faut un début à tout, quoi ! OK, je vais m'arrêter là avec la philosophie.

Mettons-nous bien une chose dans la tête : le manque d'expérience n'est pas une honte et n'a littéralement aucune raison d'être un frein, que ce soit pour l'un·e ou l'autre des partenaires concerné·e·s. D'ailleurs, n'es-tu toi-même jamais passé·e par cet instant délicat où tu n'avais toi non plus aucune expérience ? Aurais-tu aimé qu'on envisage ton manque d'expérience comme un frein ? Je pense que non, et c'est la raison pour laquelle il me semble sage d'essayer de réfléchir un peu à la question.

Comme dans tout dans la vie, ce qui est différent de soi ou de ce que l'on ne connait pas, ça fait peur. En l'occurrence, si tu te retrouves face à quelqu'un qui est « puceau » ou « pucelle » – donc qui est encore vierge de toute expérience sexuelle – et que toi tu en as, c'est vrai, ça peut rebuter un peu. Ça rebute non pas par dégout, mais par peur. Tu as peur parce que tu ne te souviens plus de ce que c'est que de n'avoir aucune expérience. Tu as peur de mal faire pour l'autre, d'aller trop vite, de le/la choquer, tout simplement peur de mal accompagner l'autre dans son entrée dans la sexualité. Du coup, t'as trop de pression sur les épaules, tu flippes, et tu pars. Dans le cas précis de la question actuelle, si la personne en face de toi est effectivement « super » malgré sa non-expérience en matière sexuelle, ça vaut peut-être le coup de passer au-delà de ta peur et de te replonger avec lui/elle dans la découverte de la sexualité, non ? Alors oui, il faudra y aller pas à pas et à son rythme, oui iel fera sans doute des choses maladroites qu'il faudra l'aider à faire évoluer, oui ce sera différent d'avec tes partenaires précédent·e·s qui avaient peut-être, elleux, de l'expérience. Mais déjà, ça ne veut pas dire que ce·tte nouveau·elle partenaire ne saura pas faire ses preuves, et puis c'est une belle expérience aussi d'accompagner quelqu'un dans son entrée dans la sexualité ! Pourquoi toujours avoir peur et fuir ce qui est différent de nous ? Si tu me réponds « par flemme », c'est que tu n'es de toute évidence pas la bonne personne pour lui ou pour elle et qu'il vaut effectivement mieux laisser la place à quelqu'un de plus attentionné. Si c'est « seulement » le souci de bien faire… *go* ! Parlez-en et profite de ton expérience pour donner le ton ! Montre à l'autre que tu es ouvert·e sur le sujet, que tu es ouvert·e d'esprit, rassurez-vous l'un·e l'autre sur vos doutes et inquiétudes, et puis roulez jeunesse !

25 / UNE PREMIÈRE FOIS AVEC UNE AUTRE PERSONNE EST-ELLE COMPARABLE À LA « VRAIE » PREMIÈRE FOIS ?

Honnêtement, « oui et non ». Les « vraies » premières fois n'ont en soi rien à voir avec les suivantes, parce qu'il n'y a rien de tel que la découverte. Lorsque quelqu'un touche ton corps pour la première fois, lorsque tu te retrouves nu·e pour la première fois face à quelqu'un, lorsque tu découvres les actes sexuels pour la première fois, ça a un gout particulier qui n'arrive que les fameuses « premières fois », qui sont uniques.

Pour le reste, j'ai vraiment envie de te répondre tout à fait autre chose. En effet, les « vraies » premières fois dont on parle, ce sont tes premières fois à toi, d'accord, mais la première fois que tu découvres quelque chose avec quelqu'un d'autre, c'est quand même un évènement important aussi, à la différence que ce n'est plus seulement « ta » première fois mais « votre » première fois à tou·te·s les deux ensemble. La découverte de l'autre, de l'intimité d'une personne nouvelle, lui offrir la sienne en retour, c'est forcément différent en fonction de taon partenaire et ça présente donc toujours quelque chose de nouveau et d'impressionnant. Chaque personne est différente, a une expérience différente, agit différemment, chacun·e possède un corps différent avec des zones érogènes différentes, des gouts différents, une personnalité différente, ce qui fait que chaque avancée dans tes relations sexuelles avec un·e nouveau·elle partenaire est toujours singulière, puisque tu découvres quelque chose que tu connais peut-être déjà, OK, mais comme tu ne connais pas encore taon partenaire dans cet acte précis, ça reste une découverte, donc une « vraie » première fois aussi.

Donc à la question « Est-ce que c'est comparable ? », j'ai envie de te répondre que oui, c'est comparable, au détail près que les « premières fois » suivantes, tu as pas mal de stress en moins : merci l'expérience et la confiance en soi !

26 / POURQUOI ON PRÉFÈRE LES CONNARD·SSE·S ?

Je vais t'enlever cette idée de la tête immédiatement : on ne préfère pas les connard·sse·s. En revanche, je vais te dire un truc qui risque de ne pas te plaire : les « connard·sse·s » sont beaucoup plus fort·e·s en séduction que les « gentil·le·s ». *Sorry*, mais c'est la vérité, et sans me la péter, j'ai une explication rationnelle à tout ça.

J'ai une vision assez simple de la séduction : il s'agit de faire comprendre à l'autre qu'iel te plait en en faisant « un peu mais pas trop », et surtout en respectant ses propres limites. C'est aussi simple que ça.

Le/la gentil·le comme je le/la vois dans toutes les nombreuses histoires que vous m'envoyez, c'est en gros quelqu'un qui a la main sur le cœur. Sur le papier, c'est même carrément la personne idéale : iel a envie de vivre une relation amoureuse, iel a d'ailleurs énormément d'amour à donner, iel est très sincère et quand iel a quelqu'un en tête, iel n'a que cette personne et c'est tout. S'iel tombe amoureux·se, iel est à 100 % présent·e pour cette personne, à n'importe quelle heure du jour et de la nuit, iel est prêt·e à toutes les folies, et surtout, iel a très à cœur de rappeler à la personne qu'iel aime, qu'iel soit là pour lui/elle et que ça restera toujours ainsi, quoi qu'il arrive.

J'adore les gentil·le·s. Le souci des gentil·le·s, c'est qu'iels ont très bien compris l'idée de « faire comprendre à l'autre qu'iel te plait », malheureusement, iels ont plus de mal à appliquer le « un peu mais pas trop ». Et puis alors, concernant ses propres limites, tu la connais, l'histoire du ou de la gentil·le qui a loupé ses examens ultra-importants parce qu'iel est parti·e chercher saon crush bourré·e au beau milieu de la nuit ? Du coup, tant pis pour les deux ans de prépa, c'était pas grave s'iel manquerait de sommeil, l'important, c'était qu'iel soit là pour saon crush, au cas où ça aurait pu jouer en sa faveur…

Le souci des gentil·le·s, c'est qu'iels sont tellement gentil·le·s qu'iels perdent le sens des priorités et se donnent immédiatement pour acquis. Or, dans la séduction, c'est toujours sympa d'avoir un peu de challenge, d'où le « un peu mais pas trop ». Les gentil·le·s donnent tout parce qu'iels aiment, sauf que tout donner alors qu'on n'est pas en couple, ça revient à ne pas respecter ses propres limites et donc à trop donner. Je parlais justement de l'exemple type du « T'es allé·e chercher taon crush au milieu de la nuit alors que tu dormais et que tu avais besoin de sommeil pour ton examen super important du lendemain » : s'il s'agissait de ta mère, évidemment que je t'aurais dit d'y aller. S'il s'agissait de ta meuf ou de ton mec, même, bien sûr que je t'aurais dit d'y aller. Mais fais bien attention à ne donner le privilège de celleux que tu aimes uniquement à celleux qui t'aiment en retour ! Si cette personne profite de toute ta gentillesse et de toute ta disponibilité, mais ne te donne pas ce que tu espères en retour, la relation est déséquilibrée et deviendra forcément toxique *in fine*, que tu veuilles l'admettre ou non. Et il faudra y mettre fin. D'ailleurs, c'est souvent au moment où le/la gentil·le finit par péter un câble et dire « merde » à l'autre que, tout à coup, la tendance s'inverse et que saon crush change d'avis et se rend compte que ce·tte gentil·le était peut-être l'homme ou la femme de sa vie. Remarque, logique : on trouve difficilement plus parfait qu'un·e gentil·le qui a offert son cœur, et puis c'est toujours quand on perd les gens qu'on se rend compte de leur valeur.

Le/la connard·sse tel·le que l'inconscient collectif se le/la représente, c'est en gros quelqu'un d'un peu *badass* qui s'en fout plus ou moins de tout et de tout le monde, qui fait passer son propre plaisir avant celui de l'autre, qui n'a pas d'attaches et donc se retrouve plus ou moins intouchable et inatteignable, puisqu'iel se fout de tout. Tu l'auras compris, le « un peu mais pas trop », le/la connard·sse, iel l'applique à l'extrême puisque son « un peu » à lui/elle, c'est déjà cent fois moins que le « un peu » de la personne lambda. Donc imagine juste si le/la connard·sse a l'air de faire une action « normale », ça parait déjà une folie dans les yeux de la personne en face, qui du coup s'emballe. Suite à ça, le/la connard·sse reviendra à son « un peu » à lui/elle, la personne en face restera, elle, dans l'attente du « un peu » normal, elle restera donc perpétuellement en déficit d'amour et donc dans l'expectative d'une démonstration d'amour du ou de la connard·sse. OK, ça fonctionne de jouer les connard·sse·s, mais ça fonctionne de moins en moins bien avec les années, et il s'agit quand même d'un amour toxique à base de frustration qui ne mène jamais nulle part.

C'est pour ça que je parle toujours d'équilibre dans les relations humaines. On a tou·te·s une vraie part de gentil·le au fond de nous, à la différence qu'on l'offre chacun·e plus ou moins facilement au premier ou à la première venu·e. Si tu respectes les trois commandements de la séduction que sont 1/ faire comprendre à l'autre qu'iel te plait, 2/ en en faisant un peu mais pas trop, et 3/ surtout en respectant tes propres limites, tes relations amoureuses ne peuvent qu'être saines et équilibrées. C'est pas facile, je sais, mais courage, tu peux y arriver !

Du coup quand même, pour conclure sur cette histoire de gentil·le·s et de connard·sse·s : c'est pas qu'on préfère les gentil·le·s ou les méchant·e·s, c'est que d'une manière générale, on préfère toujours manquer un peu plutôt que d'avoir trop. Contrairement à l'adage bien connu « mieux vaut trop que pas assez », dans la séduction, ça semble être plutôt l'inverse. Donc si tu as tendance à te faire avoir parce que tu es « trop gentil·le », n'hésite pas à travailler sur ce point en faisant bien attention à ne donner que ce qu'il faut quand il le faut, et surtout à bien appliquer le fameux « un peu, mais pas trop ». Eh oui, je sais… on y revient toujours !

27 / MAON MEILLEUR·E AMI·E PREND PLUS SOIN DE MOI QUE MAON COPAIN·INE, QUE FAIRE ?

Ouch. Sale temps pour taon copain·ine.

Le rôle d'un·e ami·e, c'est d'être présent·e dans les bons moments comme dans les moins bons, d'être à l'écoute, de bon conseil, honnête, bref, quelqu'un qu'on aime sincèrement mais sans arrière-pensée. Un·e « meilleur·e » ami·e répondra du coup à la même définition à l'exception près qu'il s'agira de celui ou celle de tes ami·e·s que tu apprécies le plus, toujours sans ambigüité.

Le rôle de taon copain·ine, à mon sens, c'est aussi d'être présent·e dans les bons moments comme dans les moins bons, à l'écoute et de bon conseil et honnête, à la différence près que vous partagez en plus une dimension émotionnelle ensemble. Finalement, ton mec/ta meuf, c'est comme taon meilleur·e ami·e puisqu'en principe iel fait partie de tes individus favoris, mais en plus, vous remplissez vos piscines d'amour respectives, tant sur le plan physique qu'émotionnel.

Tu l'auras compris, à mon sens, la seule chose – et pas des moindres – qui différencie ton amoureux·se d'un·e ami·e, c'est cette fameuse dimension émotionnelle. D'ailleurs, quand tu réfléchis à la personne idéale à tes yeux, généralement, elle se rapproche dangereusement de l'attitude de tes potes, à la différence près que cette personne idéale, tu aurais envie de la cajoler, de l'embrasser, et plus si affinités. Aussi, lorsque je vois cette question qui m'indique que taon meilleur·e ami·e prend plus soin de toi que taon copain·ine, deux questions importantes me viennent en tête :

◊ Es-tu bien avec quelqu'un qui te correspond ?

Comme je le disais, ton amoureux·se, c'est censé être comme un·e ami·e, mais avec la dimension émotionnelle en plus. On est d'accord que si ton ami·e te snobait ou remplissait mal, voire pas du tout, ses fonctions amicales – comme discuter, t'écouter, passer du temps ensemble, partager des activités, être honnête avec toi, etc. –, tu ne serais plus ami·e avec cette personne ? Alors pourquoi continuer une relation amoureuse avec quelqu'un qui ne remplit plus ses fonctions d'amoureux·se correctement ?

◊ Comment en es-tu arrivé·e à faire la comparaison entre ton mec/ta meuf et taon meilleur·e ami·e ?

Je vais être honnête avec toi, il n'y a pas de fumée sans feu. Si tu commences à comparer ton mec/ta meuf à taon meilleur·e ami·e, il y a clairement baleine sous gravier. Non mais c'est vrai, à un moment, je veux bien croire à l'amitié homme-femme, parce qu'elle existe réellement, mais ne jouons pas sur les mots. Si tu as pris le temps de comparer le comportement de ton mec/ta meuf à celui de taon meilleur·e ami·e, c'est que potentiellement tu as déjà imaginé taon meilleur·e ami·e à la place de ton mec/ta meuf tout en admettant pour toi-même que le/la meilleur·e ami·e en question serait surement plus compétent·e à la place de ton mec/ta meuf. Si c'est le cas, taon meilleur·e ami·e ne répond plus franchement à la définition d'amitié, parce qu'en réalité, tu l'envisages déjà au-delà, et ce, dans une valeur émotionnelle. Or, si c'est là le fond de ta pensée, qu'est-ce que tu fous encore avec ton mec/ta meuf puisque tu estimes qu'iel ne remplit pas correctement ses fonctions à ton gout ? Et surtout, qu'est-ce que tu attends pour déclarer ta flamme à taon meilleur·e ami·e puisqu'iel promet de mieux les honorer ? À méditer, mon petit. À méditer.

Quoi qu'il en soit, pour répondre à la question « Que faire ? », j'ai envie de te dire, la réponse est simple : dans un premier temps, prends la peine d'en discuter avec ton mec/ta meuf. Voyez ensemble ce qui peut être amélioré, si vous avez envie de faire des efforts et de trouver des compromis, et donnez-vous une chance si vous en avez envie. Maintenant, si vous n'en avez même pas envie ou alors que les efforts en question ne mènent à rien, de toute évidence, vous n'avez plus rien à faire ensemble et il est temps de se quitter. Et concernant le/la meilleur·e ami·e qui se comporte tellement mieux que ton ex, attends quelques jours, voire quelques semaines, quand même, histoire de faire le deuil de ta relation qui vient de se terminer, réfléchis bien pour être sûr·ure de ce que tu veux avec taon meilleur·e ami·e, et puis agis en fonction !

“SEXE : LES PREMIÈRES FOIS”

28 / SUIS-JE OBLIGÉ·E D'ÊTRE EN COUPLE POUR FAIRE L'AMOUR ?

Pour faire l'amour, donc avoir une relation sexuelle avec quelqu'un, il suffit d'être deux ou plus, et que chaque participant en ait envie. À partir du moment où ces deux conditions essentielles et non négociables sont remplies, tu peux t'envoyer en l'air avec qui tu veux, et quand tu veux. Bien entendu, le fait d'être en couple avec taon partenaire implique certains avantages : par exemple, vous vous connaissez bien l'un·e l'autre, vous avez confiance l'un·e en l'autre, vous êtes à l'aise ensemble. Le confort et la stabilité du couple permettent de se sentir beaucoup plus à l'aise. D'un autre côté, faire l'amour avec quelqu'un avec qui tu n'es pas en couple peut aussi avoir son lot de bonnes surprises : comme tu ne connais pas l'autre, tu peux potentiellement découvrir de nouvelles choses, ou les réaliser différemment ! Mieux ou moins bien selon tes gouts, mais ça sera forcément différent. Certain·e·s se sentent aussi plus libres et plus spontané·e·s, moins jugé·e·s avec un·e partenaire qu'iels connaissent à peine… ça dépend de chacun·e.

En matière de sexualité, il y a une chose essentielle à retenir : tu n'es jamais obligé·e de faire quoi que ce soit. À part bien sûr respecter le consentement de l'autre et le tien. À partir de là, tu fais ce que tu veux !

29 / COMMENT SAVOIR QUOI FAIRE POUR LES PREMIERS PRÉLIMINAIRES ?

On appelle préliminaires toutes les caresses ou autres stimulations qui précèdent un rapport sexuel plus intense. Des bisous aux jeux sexuels en passant par les caresses, tout ce qui aura vocation à te faire plaisir à toi ou à l'autre et à faire monter votre degré d'excitation sera considéré comme des préliminaires.

Alors bien sûr, si tu as déjà eu plusieurs partenaires pendant plusieurs années, cette question ne te passe même plus par l'esprit : tu te laisses guider par ton instinct, par taon partenaire aussi, et tu te laisses porter. Si tu as moins d'expérience, ça parait bizarrement beaucoup moins évident. Je te rassure, c'est normal. Dans ce cas-là, il est tout à fait normal que tu ne saches pas quoi faire ni comment t'y prendre. Et même si tu as une idée de quoi faire, il est également normal que tu n'oses pas te lancer. C'est la raison pour laquelle il est vraiment important d'y aller étape par étape dans la découverte des préliminaires, d'en parler, de libérer la parole autour de ce sujet et de bien prendre son temps : s'il y a des choses que tu as envie de faire mais que tu n'oses pas, c'est sans doute que tu as besoin de temps ou simplement d'en discuter avec taon partenaire. Si l'idée d'en discuter t'effraie, c'est potentiellement que tu n'es pas prêt·e, ou pas avec la bonne personne. J'en parle plus longuement dans la question « Comment savoir si c'est la bonne personne ? », si jamais tu veux aller y jeter un œil.

Pour savoir dans quel préliminaire te lancer, ça implique soit de déjà connaitre l'autre et donc de déjà savoir ce qu'iel aime, soit de lui demander ce qu'iel aimerait, soit de te lancer spontanément dans quelque chose que tu as envie de faire. En soi, il n'y a pas de préliminaire parfait à faire dans un ordre spécial. D'ailleurs, aucun préliminaire n'est obligatoire. Si par exemple l'idée de faire une fellation[1] t'effraie ou te dégoute, tu n'es en aucun cas obligé·e de le faire, et sous aucun prétexte. La clé d'un bon préliminaire, c'est d'en avoir envie, que l'autre en ait envie, et d'être à l'écoute l'un·e de l'autre pour éventuellement modifier sa façon de faire ou la parfaire au besoin. Ça s'arrête là. Si tu te sens obligé·e à quoi que ce soit, si tu te dis des trucs du style

1. Point définition : une fellation, selon le dictionnaire *Larousse*, c'est un « acte sexuel consistant en une stimulation bucco-linguale de la verge ». En d'autres termes, c'est l'art de sucer une bite. Comme ça, c'est clair.

« J'ai pas du tout envie mais bon, je le fais pour lui faire plaisir », il faut tout de suite arrêter. Si tu essaies de forcer taon partenaire à quoi que ce soit, c'est ce qu'on appelle une violence sexuelle[2], et c'est puni par la loi. Entre nous, je pense que tu n'as pas envie de faire partie de ce genre de grossiers personnages. Bref, tu l'auras compris : les préliminaires, c'est uniquement du kif et du partage, donc si tu ne sais pas quoi faire, suis ton instinct. Demande-toi ce que tu as envie de faire à l'autre. Si tu es vraiment en galère et que ton instinct ne te dit rien, demande simplement à l'autre ce qu'iel aimerait, et en principe tout devrait bien se passer !

30 / FAUT-IL S'ÉPILER AVANT DE FAIRE L'AMOUR ?

Nous vivons actuellement dans une société qui, même si elle semble évoluer dans un sens meilleur sur ce point, laisse les femmes penser qu'elles doivent être perpétuellement des objets de désir sous des critères bien précis. Si tu te laisses bercer par les films, pubs et autres magazines, le verdict est très clair : il faut être mince, surtout pas de cellulite, avoir une taille très fine, un ventre bien plat et musclé, des fesses bien rebondies, surtout zéro poil nulle part, mais malgré ça, avoir une chevelure de lionne, n'avoir aucun bouton, être apprêté·e en permanence. Et au niveau du caractère, c'est encore pire : surtout bien fermer sa gueule, ne jamais donner son avis, gagner moins que les hommes mais travailler quand même, s'occuper des enfants, s'extasier devant un mari qui aurait donné un biberon… Bref, physiquement, l'idée, c'est de tendre vers un idéal de poupée Barbie bien lisse et surtout sans aucun défaut.

---

2. Sur le site du gouvernement (arretonslesviolences.gouv.fr), on peut lire : « Les violences sexuelles désignent tous actes sexuels commis avec violence, contrainte, menace ou surprise. Ces violences portent atteinte aux droits fondamentaux de la personne. Personne n'a le droit de vous imposer un acte sexuel que vous ne désirez pas. » Et rappelle-toi bien que le fait d'imposer quelque chose à quelqu'un, c'est pas forcément méchamment ou de façon désagréable. La culpabilisation, le fait d'insister, de te prendre par les sentiments, c'est ce qu'on appelle une contrainte.

Comme tu le sais, peut-être même l'as-tu appris à tes dépens, cette image physique de la femme n'est pas atteignable, et quand bien même elle le serait, elle est loin, très loin, de convenir à tout le monde. D'ailleurs, même moi, je fais cet amalgame débile en commençant à répondre à cette question, t'as vu ? On me parle d'épilation, et BAM ! je parle tout de suite des femmes. Après tout, les hommes aussi peuvent se poser cette question ! On va y revenir. La réalité aujourd'hui est telle qu'un homme qui va sortir en short avec des jambes poilues ne se posera évidemment aucune question. C'est normal d'avoir des poils aux jambes, il fait chaud, je mets un short qui va découvrir les jambes. Ça s'arrête là. Or, quand une femme s'apprête à sortir en short avec des jambes poilues, c'est pas la même du tout ! D'abord, elle va se poser des questions : « Est-ce que j'ai pas le temps, ne serait-ce que de passer un coup de rasoir ? Mais que vont penser les gens s'ils voient mes jambes comme ça ? Ça n'est pas présentable ! » Une femme qui décide d'exhiber ses jambes poilues aura besoin de caractère pour l'assumer et pour faire face aux regards et aux remarques indiquant qu'elle pourrait peut-être « prendre plus soin d'elle ». Merci les stéréotypes. Pour la petite histoire, en 2017, la première campagne de pub montrant une femme avec des jambes poilues a été portée par la marque Adidas. La mannequin et artiste engagée Avida Bystroöm, qui a décidé de ne plus se soumettre aux stéréotypes sexistes de notre société en gardant justement ses poils tels qu'ils sont sur ses jambes, a quand même reçu des menaces de viol[3] pour avoir montré ses poils. Des menaces de viol, les gars. Je

3. Source : le compte Instagram d'Avida Bystroöm @arvidabystrom : « Ma photo pour la campagne Adidas a reçu pas mal de commentaires négatifs la semaine dernière. Je suis blanche, en bonne santé, il n'y a que mes poils qui divergent de la norme… J'ai même reçu des menaces de viol. J'imagine même pas ce que ça fait d'exister dans ce monde sans avoir tous mes privilèges. Plein d'amour, et rappelons-nous que chaque personne est différente. Et merci pour tout le soutien ! »

sais pas si vous vous rendez compte. Le monde va mal ! Bref, je m'égare.

Quand tu te demandes s'il faut s'épiler avant d'avoir une relation sexuelle, pose-toi seulement la question de ce que tu veux, toi. De ce que tu aimes, toi. De ce à quoi tu veux ressembler, toi. N'oublie jamais : quel que soit le sujet, s'il est lié à ton corps, la règle c'est « ton corps, ton choix ». Pas « ton corps, le choix des stéréotypes et du regard des autres ». Donc si tu as envie de t'épiler les jambes, le torse, les aisselles, le maillot, l'anus, libre à toi, bien entendu. Mais à aucun moment tu ne dois te sentir obligé·e de le faire, et encore moins si tu n'en as pas envie. D'ailleurs, même si taon partenaire te fait comprendre qu'iel *préfèrerait* que tu gardes tes poils ou à l'inverse que tu les épiles, tu n'as pas à répondre à sa demande si tu n'en as pas envie. Tu peux le faire si ça te fait plaisir de lui faire plaisir, mais toujours pareil, il faut que ce soit ton choix et ta décision. Pas un sacrifice qui t'emmerde et qui fait mal. Pas non plus un sacrifice que tu trouves moche.

Parce que, parlons-en quand même : ça fait ultra mal de s'épiler ! Et même si tu utilises un rasoir, je te raconte pas la sensation quand ça repousse, c'est pire qu'un hérisson dans la culotte. Donc surtout, surtout, gardons bien en tête que les poils, c'est pas sale, qu'au passage, s'ils sont présents sur ton corps, c'est quand même pour des raisons utiles, et surtout que tu fais ce que tu veux de ton corps. Gardons aussi en tête que personne n'a à te dicter quoi faire de tes poils, que ce soit les médias ou taon partenaire, quelles que soient ses préférences. « Ton corps, ton choix. » Et si ça plait pas, ça dégage. Fin du débat.

31/ JE N'AI PAS DE JOLIE LINGERIE, EST-CE QUE C'EST GRAVE ?

Lorsque tu t'apprêtes à avoir une relation intime avec quelqu'un, fatalement, cette personne a de grandes chances de voir tes sous-vêtements. Bien entendu, il peut être très utile de choisir pour l'occasion des sous-vêtements dans lesquels tu te sentes à l'aise, histoire de profiter du moment sans aucune gêne. Par exemple, s'il s'agit de tes toutes premières fois et que tu as encore un rapport pudique à la nudité face à l'autre, n'hésite pas à choisir des sous-vêtements opaques et pas trop échancrés, histoire que tu ne te sentes pas brusqué·e au moment de les dévoiler. Pour le reste, honnêtement, on s'en fout un peu des sous-vêtements. Bien sûr, certain·e·s y sont plus sensibles que d'autres, mais tu n'as pas besoin de ressembler à un mannequin lingerie pour entrer dans ta vie sexuelle.

D'ailleurs, si d'aventure on ose te faire une réflexion désagréable sur le choix de tes sous-vêtements, n'hésite pas à envoyer cette personne valser : commencer sa vie sexuelle avec quelqu'un, c'est lui ouvrir une part de son intimité. Personne n'a le droit de te juger, de t'humilier, de se moquer ou quoi que ce soit d'autre qui pourrait te faire te sentir mal. Si jamais ça doit t'arriver, surtout, aie bien en tête que ça n'est pas acceptable et que tu n'as pas à te taire, tu n'as pas à te laisser faire. Et si malheureusement tu es pris·e de court et que tu ne sais quoi répondre, tu as quand même le temps de reprendre tes esprits pour choisir de te rhabiller et de partir. Le respect, c'est primordial, notamment dans les relations intimes et sexuelles. Donc si quelqu'un a le malheur de te manquer de respect, *red flag* ultime : tu prends tes affaires, et bon vent !

Pour en revenir aux sous-vêtements, il n'est évidemment pas nécessaire d'avoir de la belle lingerie pour avoir des relations intimes. D'ailleurs, qu'est-ce que c'est, de la « belle lingerie » ? Certain·e·s y verront un maximum de dentelle, d'autres surtout pas… les gouts et les couleurs, toi-même tu sais, ça ne se discute pas. Donc la seule chose qui compte, c'est que tu te sentes bien dedans. Le reste, on s'en fout.

32 / COMMENT ABORDER LA QUESTION DE LA SEXUALITÉ AVEC MAON COPAIN·INE ?

Quand on a envie d'aborder un sujet sur lequel on ne se sent soi-même pas très à l'aise, ça peut rapidement tourner au tabou : on n'ose pas, on essaie mais en vain, du coup ça nous frustre, on en veut un peu à l'autre de ne pas nous aider, ou simplement de ne pas réussir à nous aider, ça nous inquiète encore plus pour les tentatives suivantes… Résultat : on n'en parle juste pas, et ça devient tabou. Ça, tu l'auras deviné, c'est le schéma qu'il faut essayer de ne surtout pas reproduire.

Que ce soit en couple, entre ami·e·s ou éventuellement avec un plan cul, aborder le sujet de la sexualité est plus ou moins naturel et évident pour chacun·e – là non plus, on n'est pas tou·te·s égaux·les. Tu as peut-être des ami·e·s avec lesquel·le·s tu en parles déjà très souvent et facilement, et d'autres avec lesquel·le·s le sujet ne s'est jamais présenté. Comme en matière d'expérience, plus tu « pratiques » la conversation sur un sujet, plus tu t'y intéresses, plus tu récoltes d'informations, et plus il devient facile d'en parler. Ainsi, plus tu t'intéresses au sujet, plus tu en discutes, plus tu te sens à l'aise sur la question.

Maintenant, c'est pas non plus parce qu'il est facile d'en discuter avec tes potes que parler de cul devient *de facto* facile et naturel avec taon partenaire. Forcément, en discuter avec une personne avec qui tu comptes passer à l'action, ça prend une autre dimension. Si tu as envie d'aborder la question mais que ça te met mal à l'aise, je te conseille vivement l'humour. Tu peux par exemple commencer par une petite blague ou allusion à ton mec/ta meuf pour prendre la température : si l'autre a l'air de bien prendre l'humour à caractère sexuel, peut-être que ça peut ouvrir la conversation, et là c'est tout bénef, il suffit de poser des questions à l'autre, que ce soit sur lui ou sur elle, ou sur son entourage, du style « Ils en sont où Alphonse et Gertrude, tu sais ? » ou encore « T'as déjà eu des expériences, toi ? », et se laisser porter par la conversation. En revanche, si l'autre se braque, l'humour continuera d'être d'une grande aide, puisque tu peux rebondir à tout moment en faisant une blague nulle du style « Hein ? Quoi ? Eh, mais vas-y, pourquoi tu veux parler de cul tout le temps toi aussi, quel·le obsédé·e ! Non mais vraiment ! ». Ce type de blagues permet généralement de désamorcer la bombe. D'ailleurs, sauf expérience très douloureuse ou traumatique, si ton mec/ta meuf réagit négativement à la question de la sexualité, c'est rarement par réelle offense. Souvent, on se braque parce qu'on a peur ou parce qu'on n'assume pas, mais pas forcément parce qu'on ne veut pas en parler. Une fois que le sujet est abordé, même s'il a donné lieu à un braquage désamorcé, le plus difficile est fait et on peut y revenir maintes et maintes fois en posant des questions ou en faisant des blagues. Notons d'ailleurs qu'il est toujours plus facile d'aborder le sujet de la sexualité en posant des questions orientées à l'autre plutôt qu'en annonçant, sorti de nulle part : « Chéri·e, parlons de sexe ! »

Si, malgré tes tentatives, ton mec/ta meuf s'obstine à refuser d'aborder le sujet, tu ne peux bien entendu pas l'y forcer. En revanche, il peut être intéressant de vous pencher sur la raison pour laquelle l'autre refuse d'en parler afin d'adapter vos comportements et même peut-être l'aider face à ce blocage. Si l'autre a subi un traumatisme sur le sujet, forcément, c'est pas la même histoire ni la même solution que si l'autre est « juste » ultra stressé·e par le sujet et n'ose pas l'aborder par peur d'être jugé·e. À chaque problème sa solution bien sûr ; le tout, c'est de toujours aborder le sujet avec tact, tolérance et bienveillance.

33/ COMMENT SE METTRE SOI-MÊME ET L'AUTRE À L'AISE AVANT SA PREMIÈRE FOIS ?

Être « à l'aise », c'est un sacré état d'esprit. Si tu réfléchis bien, il n'y a que très peu d'endroits ou de moments où tu te sentes réellement à l'aise. Chez toi, dans ta chambre, avec tes ami·e·s de longue date, avec ta famille, peut-être... Mais d'une manière générale, les situations nouvelles te mettent rarement à l'aise. Alors forcément, quelle que soit la durée de ta relation avec taon partenaire, se sentir ultra serein·e pour aborder des questions que tu n'as encore jamais abordées et sur lesquelles tu n'as encore pas forcément d'avis tranché, ce n'est pas évident. Et si le dialogue n'est pas ouvert, donc que vous n'êtes pas suffisamment à l'aise pour en parler, je te raconte même pas la gêne pour passer à l'action. Je te développe ça en deux points façon dissertation, comme ça, ce sera plus clair.

Être à l'aise pour en parler

Quelle que soit la situation qui te mette mal à l'aise, et surtout lorsqu'il s'agit d'aborder un sujet qui concerne ton intimité avec quelqu'un en qui tu as en principe confiance, tu as deux options : soit tu assumes complètement le fait que, ouais, t'es pas forcément bien dans tes baskets à l'idée d'aborder tous ces sujets, mais qu'en même temps tu aimerais en parler – eh oui, ça peut être gênant au tout début mais ça a le mérite d'être honnête et de mettre l'autre à l'aise puisqu'iel ressent probablement la même chose que toi –, soit tu la joues à l'américaine : « *Fake it until you make it.* » C'est-à-dire que tu fais genre tu maitrises complètement ton sujet, genre t'es ultra à l'aise sur tout, genre c'est tellement normal de parler de ces choses-là que t'as même pas imaginé que ça puisse être gênant, ce qui en principe, par mimétisme, aura l'avantage de mettre l'autre à l'aise aussi. Simplement parce que si tu sembles très à l'aise en abordant le sujet – ce qui revient à faire du non-évènement –, forcément tu montres l'exemple à l'autre qui n'aura qu'à suivre tes traces sans trop se mouiller.

À mon sens, la meilleure façon de faire pour se mettre soi-même à l'aise et mettre l'autre à l'aise par la même occasion, c'est d'utiliser une subtile combinaison de ces deux tactiques. Il faut de toute façon aborder le sujet, parce que, soyons honnêtes, commencer à jouer à des jeux sexuels ensemble, se mettre nu·e·s l'un·e contre l'autre, découvrir toutes ces choses sans jamais en parler comme si c'était ultra tabou, ça devient vite très bizarre.

Donc vraiment, conseil numéro 1 : pour se sentir à l'aise, il faut absolument en parler. Même si, sur le moment, tu es mal à l'aise, n'hésite pas à lâcher un petit « Bon… On en parle, ou… ? », quitte à le faire avec le sourire, quitte à avouer que toi aussi, ça te fait trop bizarre d'en parler ! Quoi qu'il arrive, la communication, que ce soit dans un couple, en amitié, dans une famille, même au travail, c'est essentiel. On n'arrive à rien sans communiquer, parler, s'écouter. Une fois que tu auras eu la force et le courage d'aborder le sujet, pour le coup n'hésite pas à avouer que, oui, c'est vrai que ça fait bizarre d'en parler, mais que c'est ultra normal en réalité, qu'en plus c'est intéressant et, le cas échéant, que tu en as besoin. C'est toujours agréable d'échanger sur ce qu'on a ressenti, ce qu'on a aimé, moins aimé, ce qu'on aimerait éventuellement essayer. On peut aussi parler de ses peurs, de ses appréhensions… Bref, aborder le sujet, c'est déjà un grand pas. Et si tu réussis à le faire, félicitations ! Parce que les premières fois, c'est vraiment pas évident pour tout le monde.

Conseil numéro 2 : éviter le tabou. Surtout, jamais de tabou sur rien. Que tu évoques le sujet en riant, en pleurant, en dormant, seul le résultat compte : il faut aborder les sujets dont tu as besoin de parler. Si tu as peur d'avoir mal, si tu n'es pas serein·e sur les gouts de taon partenaire, si tu as besoin de parler de contraception, de confiance, de l'endroit, du moment, n'hésite pas. Tu n'auras jamais l'air bête en osant lancer un sujet que ni l'un·e ni l'autre n'a encore osé aborder. Au contraire, loin de passer pour un·e débile ou un·e obsédé·e, tu passeras surtout pour quelqu'un de suffisamment mature pour assumer ses besoins et aborder les sujets nécessaires.

Ce qui m'amène au conseil numéro 3 qui est très important aussi : ne jamais, au grand jamais, se moquer de l'autre. Même si tu es mal à l'aise, même si tu cherches une façon de te trouver une contenance – de garder la face quoi –, il est absolument essentiel que tu respectes la sensibilité de taon partenaire. L'entrée dans la sexualité, c'est une question délicate, épineuse, sensible, voire douloureuse même, pour certain·e·s, donc surtout, pas de moqueries. Des blagues, pourquoi pas, de l'humour, OK, mais jamais pour rabaisser l'autre. À la limite, tu peux faire des blagues pour encenser l'autre si tu as besoin d'en faire, mais tu as compris l'idée : quand on n'est pas serein·e sur un sujet, on n'a pas envie de prendre une bombe en pleine face. Donc simplement, évite de faire à l'autre une réflexion ou « blague » qui pourrait le/la heurter.

En principe, si tu respectes toutes ces règles, tu devrais réussir à te sentir un peu plus à l'aise, à déverrouiller le loquet « tabou » et à avancer avec taon partenaire. Maintenant, si tu sens que le dialogue est impossible, que toi ou l'autre ou les deux n'arrivez pas à avancer sur le sujet, que vraiment ça bloque, c'est peut-être qu'il y a un souci ailleurs. Peut-être que tu peux dans un premier temps aborder justement ce blocage avec tact toujours, en posant délicatement une question du style « Je sais pas si t'as remarqué mais ça fait plusieurs fois que j'essaie de te parler de certaines choses et il me semble que tu fuis un peu la conversation, ça te met mal à l'aise qu'on en parle ? », et tu peux même ajouter, pour le/la mettre dans la confidence : « Tu sais, moi non plus je suis pas vraiment au max quand on en parle, ça me fait bizarre parce que j'y connais pas encore grand-chose, mais ça me ferait plaisir qu'on réussisse à échanger là-dessus. » Et puis, selon la réaction de l'autre, vous pourrez commencer doucement à en discuter, ou remettre la conversation à plus tard.

Dans tous les cas, conseil numéro 4 : ne pas forcer. Si ça coince du côté de l'autre, iel a forcément ses raisons. Qu'elles soient anodines – simple malaise – ou plus graves – traumatismes liés à des expériences douloureuses du passé –, ça ne sert à rien d'insister si l'autre est fermé·e. Tout ce que tu risques de faire en forçant, c'est de le/la braquer encore plus. Petit *tip* si tu as eu le courage d'aborder le sujet et que tu t'es pris un mur : joue-la ultra ouvert·e d'esprit en répondant quelque chose du style : « Pas de souci, je comprends. En tous cas quand tu seras prêt·e à en parler avec moi, fais-moi signe s'il te plait, je serai super heureux·se de pouvoir échanger là-dessus avec toi. » Eh oui, sur le moment c'est très frustrant, mais comme je le disais plus haut : pas de réflexion qui pourrait heurter la sensibilité de l'autre… Et ça vaut aussi pour le forcing, du coup.

Être à l'aise en pratique

Une fois que le sujet est abordé, libéré, délivré[4] entre vous, on se sent plus à l'aise. Cela dit, ça n'est pas non plus parce que tu es plus à l'aise à l'oral qu'en pratique tu le deviens aussi ! Normalement ça aide, mais ça ne fait pas tout. Comme je le disais plus tôt, le fait que la situation soit nouvelle génère forcément un peu de malaise, et ce

4. Désolée, c'était trop tentant.

malaise-là s'efface en principe tout seul avec le temps, à condition bien sûr que tu sois bien accompagné·e. Par « bien accompagné·e », j'entends que tu aies un·e partenaire respectueux·se, qui ne force pas, qui soit à l'écoute, gentil·le, jamais dans le jugement, etc.

Si, sur le moment, la gêne est trop forte, tu peux aussi demander à l'autre de ralentir, ou d'arrêter. N'oublie pas que tu as le contrôle autant que l'autre sur le cours des évènements. Tu ne seras jamais chiant·e, ou nul·le, ou relou·e, ou que sais-je, parce que tu as besoin de ralentir la cadence ou même que tu as besoin d'arrêter. La règle de base est très simple et s'applique à tout le monde : en matière de sexualité, tant que tu en as envie et que l'autre aussi, on continue. C'est ce qu'on appelle le consentement mutuel, et il est indispensable à tout rapport sexuel. S'il y a ne serait-ce qu'une hésitation sur le consentement de l'un·e des partenaires, on attend, on en discute, on prend son temps, et si le consentement n'est plus présent, que l'un·e des deux n'a plus envie pour quelque raison que ce soit, on arrête. Y a pas de « Ah, mais qu'est-ce qu'iel va penser, dire, faire ? », on s'en fout. Si tu n'as plus envie, tu t'arrêtes. C'est la seule chose qui compte. Une fois que tu as compris ça et que tu n'auras donc plus peur de le mettre en pratique, tout à coup tu verras, tu te sentiras beaucoup plus à l'aise, beaucoup plus libre. Même si la sexualité est souvent une question de lâcher-prise, se rappeler que tu as l'entier contrôle sur la situation, qu'un simple mot de ta part est suffisant pour arrêter la partie, c'est rassurant.

Si tu n'es pas sûr·ure de ce point et que tu as besoin d'être rassuré·e, n'hésite pas à faire des petits tests sur taon partenaire[5] ! Voici un exemple de test que tu peux réaliser à tout moment : en plein feu de l'action,

5. Attention : quand je dis « faire des tests sur taon partenaire », il s'agit de faire ce qu'il faut pour te rassurer, pas pour le/la rendre chèvre ou, pire, lui faire perdre confiance en lui ou en elle !

imaginons que l'autre commence à enlever ton T-shirt ou ton soutien-gorge, ou ton jean, ou ton caleçon. À ce moment-là, n'hésite pas à émettre une petite réserve du style « Attends un peu », ou alors « Pas tout de suite, va pas trop vite s'il te plait » pour voir sa réaction. S'iel laisse ton T-shirt – ou ton soutien-gorge, ou ton jean, ou ton caleçon… – tranquille, tout va bien. En principe, si tu es en face de quelqu'un de respectueux et d'équilibré, c'est ce qui doit se passer : tu émets l'ombre d'une réserve, et l'autre arrête sans insister, te juger, s'énerver ou quoi que ce soit d'autre. S'iel insiste, c'est moins bon signe. À ce moment-là, n'hésite pas à lui rappeler l'importance du respect de ton consentement, et surtout à quel point ce comportement n'est pas tolérable. Déjà ne serait-ce que pour des raisons légales, et puis aussi parce que, sans respect de ton consentement, il est tout à coup très difficile de se sentir à l'aise. Si, suite à ça, taon partenaire n'est toujours pas redescendu·e de sa connerie ou, pire, s'iel commence à te juger, à te faire sentir coupable avec des mots inacceptables du style « Pffff, tu fais pitié, t'es vraiment un·e gamin·e », là, c'est le *red flag* ultime : tu te rhabilles immédiatement, tu prends tes jambes à ton cou, et tu ne revois jamais ce grossier personnage. Parce que ce type de réaction, c'est grave. Au-delà du non-respect de ton consentement, qui est déjà répréhensible par la loi, c'est ce qu'on appelle de la manipulation. Chercher à te faire sentir bête, relou·e, gamin·e ou immature, chercher à te faire culpabiliser sous prétexte que tu as besoin de prendre ton temps, ou que tu n'as juste pas ou plus envie d'un rapport sexuel, c'est grave, malsain, et annonciateur de beaucoup d'autres comportements dangereux dans le genre. Donc ça jarte, et rapidos ! Pas de seconde chance pour les taré·e·s du genre !

Se sentir à l'aise dans la pratique, ça joue aussi par ce qu'on perçoit de soi dans les yeux de l'autre. Si tu te sens aimé·e et valorisé·e par taon partenaire, si dans ses yeux tu te sens beau·elle, sexy, se retrouver nu·e dans un lit contre lui/elle sera forcément plus agréable que si tu te sens jugé·e sur ta personnalité, ton poids, tes poils, ton corps, ta morphologie ou autre. Et ça aussi, c'est un *red flag* important : un·e partenaire avec lequel/laquelle tu te sens jugé·e ne sera jamais un·e partenaire avec qui tu te sentiras à l'aise. Donc pareil, tu prends tes jambes à ton cou et *goodbye* !

Conclusion : si tu veux mettre l'autre à l'aise, dans la conversation ou physiquement, respecte son consentement. Ne le/la juge pas, que ce soit sur ses idées, sur son corps, ou sur ses actions. Essaie d'être au maximum ouvert·e d'esprit, de comprendre l'autre, et surtout n'hésite pas à t'exprimer et à essayer de te faire comprendre aussi, parce que ça fonctionne dans les deux sens. Plus vous tendrez vers cet idéal, mieux vous serez ensemble !

34 / COMMENT SAVOIR SI C'EST LA BONNE PERSONNE ?

C'est une question essentielle et tu as raison de te la poser. S'apprêter à démarrer une histoire d'amour ou à se lancer dans des relations sexuelles avec quelqu'un, notamment pour la première fois, ça ne se fait pas par hasard. Et d'ailleurs, même si tu as déjà de l'expérience, savoir déterminer si la personne avec laquelle tu te retrouves, en particulier dans un lit, te correspond, c'est un élément important et toujours rassurant.

Tout d'abord, sache qu'il n'y a pas « une » bonne personne pour toi, il y a une multitude de bonnes personnes différentes qui peuvent te correspondre dans ce monde – et heureusement, parce que sinon ça serait compliqué à trouver. Physiquement, il suffit que quelqu'un te plaise et t'attire pour entrer dans le club des « bonnes personnes » pour toi. Ça, c'est la partie facile.

Trouver quelqu'un qui te plaise et te corresponde intellectuellement, moralement et mentalement, c'est déjà un peu plus difficile. Pour que tu puisses considérer quelqu'un comme une « bonne personne » pour toi – et attention, quelqu'un qui te correspond à toi ne correspondra pas forcément à taon voisin·e –, il faut impérativement que tu te sentes à l'aise avec lui ou avec elle. Cet individu doit donc évidemment s'inquiéter de ton consentement[6] et bien entendu le respecter, mais également être poli, tolérant, bienveillant avec toi. S'iel fait tout ça, c'est déjà bon signe, mais ça n'est toujours pas suffisant. Parfois, il arrive que l'on croise quelqu'un qui nous attire, qui soit effectivement poli, tolérant, bienveillant avec soi et pourtant, on ne se sent toujours pas à l'aise. C'est un peu ton for intérieur qui sonne l'alarme et qui dit : « Hé ho ! Je le sens pas, y a pas de raison valable apparente, mais juste je le sens pas, on se casse ! » Ton for intérieur, c'est le signal d'alarme du *red flag*. Même si tu n'arrives pas à mettre le doigt précisément sur ce qui cloche, il faut toujours te faire confiance. Si tu ressens ce genre de choses, n'insiste pas, et vraiment, rentre chez toi.

En conclusion, pour t'assurer que tu es en face d'une bonne personne pour toi, demande-toi si tu te sens à l'aise et si l'autre fait ce qu'il faut pour te mettre à l'aise. Vérifie qu'iel te traite avec respect, sans surtout tenter de te manipuler ou de faire valoir son âge, son argent ou sa position pour t'impressionner. Parce que, ça aussi, c'est un *red flag* important : chercher à te faire comprendre qu'iel a plus d'importance que toi, plus de maturité que toi, et donc plus de poids que toi dans la décision de « Faut-il

6. S'inquiéter de ton consentement, ça veut dire qu'avant de faire quoi que ce soit – à caractère sexuel mais aussi non sexuel qui touche à ton intégrité physique –, la personne avec laquelle tu te trouves prend bien la peine de te demander si tu es d'accord, et bien entendu ne cherche pas à insister ou à te convaincre si tu ne l'es pas. Ça vaut évidemment pour toi aussi : tu dois bien sûr t'inquiéter du consentement de taon partenaire et le respecter également.

“Pour t’assurer que tu es en face d’une bonne personne pour toi, demande-toi si tu te sens à l’aise et si l’autre fait ce qu’il faut pour te mettre à l’aise.”

ou non respecter ton consentement ? », ça n'est pas normal, et même, c'est grave et puni par la loi. Ton consentement doit évidemment toujours être respecté, et personne n'a le droit d'insister sur ton « non ». Personne n'a non plus le droit de dire : « Ah, mais je savais pas qu'iel voulait pas ! » *Nul n'est censé ignorer la loi*[7], et nul n'est censé ignorer le consentement de saon partenaire non plus. C'est tout pareil. Pour t'assurer que tu es en face d'une « bonne personne » pour toi, veille bien aussi à ce qu'iel soit poli·e, tolérant·e, bienveillant·e avec toi. Si tous ces éléments sont positivement réunis, alors plus de doute : tu es en face d'une « bonne personne » pour toi, et tu peux carrément t'envoyer en l'air avec en toute sérénité, et plus si affinités.

35/ COMMENT SE LANCER POUR LE PREMIER RAPPORT ?

Avant de te lancer pour ton premier ou un de tes premiers rapports, je suis convaincue que le fait d'avoir déjà parlé de sexualité avec taon partenaire et d'avoir brisé les tabous autour du sujet est essentiel. Parce qu'une fois qu'on est à l'aise sur le sujet, une fois qu'on se sent en confiance avec l'autre, il me semble que le passage à l'action est censé se faire naturellement. Donc tu l'auras compris, étape #1 avant de se lancer pour le premier rapport, être suffisamment à l'aise pour en parler avec l'autre et en avoir effectivement parlé. Ensuite, tu peux passer à l'action : ça commence souvent par des bisous, des câlins, sans même forcément penser à plus, et puis les couches de vêtements commencent à tomber, et puis on se retrouve à la limite qu'on n'avait pas franchie la fois précédente. Quelle que soit cette limite encore infranchie – ça peut être enlever le T-shirt de l'autre ou le sien pour la première fois, enlever le dernier vêtement pour la pre-

7. Ça se dit *Nemo censetur ignorare lege* en latin, si jamais tu veux te la péter (oui, les juristes adorent le latin. C'est comme ça).

mière fois, toucher telle ou telle partie du corps de l'autre pour la première fois, ça peut être la première pénétration… –, la meilleure façon de se « lancer » pour dépasser cette limite, c'est d'être sûr·ure·s que vous en avez envie tou·te·s les deux, et surtout, que vous êtes d'accord tou·te·s les deux. Pour en être sûr·ure·s, rien de tel que de poser simplement la question : « Est-ce que je peux *(insérer une action ici*[8]*)* ? » Si la réponse est oui, alors *go*. Si la réponse est autre chose que oui et que tu n'es pas sûr·ure, n'hésite pas à chercher une réponse plus claire, par exemple en demandant « Excuse-moi, je n'ai pas compris, oui ou non ? ». En effet, une absence de réponse n'équivaut pas à un « oui », et tant que c'est pas oui, c'est que c'est non ! Si tu n'oses pas poser la question précisément, tu peux aussi avancer doucement vers la limite et poser simplement à l'autre la question de s'iel veut continuer ou non.

Beaucoup de gens s'imaginent que poser la question du consentement n'est pas sexy, que ça casse le moment ou autre, mais déjà c'est faux, et puis surtout c'est absolument essentiel de le faire, encore plus en matière de premières fois. Parfois, l'autre n'ose pas arrêter l'action par peur d'être jugé·e alors qu'iel ne se sentait pas encore prêt·e et n'était donc pas d'accord. C'est typiquement le genre de moment qui peut traumatiser une personne alors que tu ne pensais même pas à mal, et tu n'as pas envie de faire une chose pareille. Au moins, en posant la question du consentement, tu offres à taon partenaire l'occasion de te le donner ou de le retirer. Et je te rassure, tu peux carrément rester ultra sexy en soufflant quelque chose du style « Je peux continuer ? » ou alors « Ça va ? Ça te plait ? », ou encore « Je sais pas si je continue ou si j'arrête… T'en penses quoi ? ». Donc oui, on pose la question du consentement, et tant que la réponse n'est pas claire, on ne fait rien !

---

8. Exemples : « Est-ce que je peux retirer ce vêtement ? », « Est-ce que je peux t'embrasser ici ? », « Est-ce que je peux toucher cette partie de ton corps ? ».

Si la réponse de l'autre est « non », évidemment tu l'auras compris, même si pour toi c'est frustrant, on ne force pas et on attend la prochaine fois. Ça n'empêche pas d'ailleurs de continuer les plaisirs, mais en restant sur un terrain déjà conquis, si l'autre en a envie aussi. On peut bien sûr par la suite en discuter, en avançant des questions douces et sans jugement du style « Ça te plaisait, ce que je te faisais l'autre fois ou pas ? Comme t'as voulu arrêter, je sais pas si c'était parce que tu n'étais pas prêt·e ou si c'était parce que je m'y prenais mal ».

Communication, *always* !

36 / ON N'A PAS ENCORE COUCHÉ ENSEMBLE PARCE QU'IEL A PEUR DE NE PAS TENIR LONGTEMPS. DES CONSEILS ?

Lorsque l'on s'apprête à avoir des rapports sexuels, qu'il s'agisse de la toute première fois ou simplement d'un·e nouveau·elle partenaire, chacun·e se met une petite pression qui semble légitime. On veut bien faire, paraitre à l'aise, bien présenter, faire plaisir à l'autre, bref, on se met la pression parce qu'on veut être au top. Le souci dans l'idée d'être « au top », c'est que chacun·e a sa petite idée de ce que ça pourrait vouloir dire. Par exemple – merci les sites porno… –, certain·e·s vont s'imaginer que pour être au top, il faut avoir un très gros et long pénis, être capable de maitriser parfaitement son éjaculation afin d'être sûr·ure que le rapport puisse durer des heures, d'autres penseront qu'il ne faut surtout pas avoir de poils à aucun endroit, ou encore qu'il faut hurler de plaisir quoi qu'on ressente. La réalité est évidemment et heureusement tout autre.

Concernant l'idée de « tenir longtemps », il faut absolument qu'on casse enfin ce mythe débile et stressant. Un rapport sexuel réussi ne dépend heureusement pas de la durée de l'érection de ces messieurs, simplement parce qu'un rapport sexuel ne se résume pas à la pénétration, qu'elle soit vaginale ou anale. Aussi, tu peux enfin te détendre si tu fais partie de celleux qui s'inquiètent à ce sujet : « tenir longtemps » n'est pas indispensable à une bonne partie de jambes en l'air. Le seul avantage à savoir maitriser ton éjaculation et donc d'être capable de « tenir longtemps », c'est de pouvoir prendre plus de temps pour tenter de faire jouir taon partenaire *via* la pénétration[9]. Mais la bonne nouvelle, c'est que même si tu ne tiens pas assez longtemps pour emmener taon partenaire à l'orgasme *via* la pénétration, déjà c'est pas grave, on s'en fout, et puis surtout, il existe mille autres façons de l'y emmener, alors *calm down* ! Si vous souhaitez tou·te·s les deux continuer, personne ne sera frustré ! D'ailleurs, il est très rare qu'un être humain avec un pénis tienne bien longtemps lors de ses premières pénétrations, et ça n'est pas grave. C'est même particulièrement attendu. Chacun·e a le droit de découvrir ces plaisirs, et surtout, chacun·e a besoin d'un peu de temps avant de pouvoir maitriser son corps comme iel en a envie.

Les corps de femmes à l'inverse ont, eux, malheureusement beaucoup plus de mal à découvrir l'orgasme. Ça peut parfois leur prendre des années[10]. Est-ce que, pour autant, ces individus s'interdisent d'avoir des rapports sexuels de peur de ne pas atteindre l'orgasme ? Non ! Alors pourquoi les corps d'hommes devraient-ils s'abstenir d'avoir des rapports de peur de l'atteindre trop vite ? À méditer, mes enfants.

Maintenant, si d'aventure tu fais partie de celleux qui en ont marre d'éjaculer trop rapidement, tu peux bien sûr essayer de petits exercices qui te permettront de repousser ce moment. Dans un premier temps, lorsque tu es seul·e

---

9. Parce qu'au cas où tu ne le saurais pas, pour qu'il y ait pénétration, le sexe masculin doit être dur, c'est ce qu'on appelle l'érection. Souvent, après l'éjaculation, qui correspond généralement – mais pas tout le temps – à l'orgasme masculin, le pénis n'est plus en érection et la pénétration devient très difficile, voire impossible. « Avoir une érection » et le verbe « bander » sont synonymes.

10. C'est entre autres dû au fait que les femmes ont été très longtemps culpabilisées par rapport à leur sexualité, et n'osent pas se toucher ou se masturber. Beaucoup de femmes ignorent par exemple l'existence de leur clitoris, qui est pourtant l'organe responsable de l'orgasme !

et que tu t'abandonnes à des plaisirs solitaires, essaie de faire durer le moment. Souvent dans la masturbation, notamment si tu connais bien ton corps, l'orgasme arrive très rapidement. L'idée de cet exercice est donc de te toucher en faisant exprès de ne pas atteindre l'orgasme trop vite, afin justement d'essayer de t'habituer à savoir repousser cette limite. Autre exercice, lorsque vous pratiquez la pénétration, avec taon partenaire, dès que tu sens que l'éjaculation est proche, essaie de bouger moins vite, voire carrément de t'arrêter, le temps de redescendre un peu. Une fois que la pression est descendue, vous pouvez reprendre doucement. Ça permet de repousser de quelques minutes ton éjaculation, et donc de pouvoir profiter un peu plus longtemps de vos activités !

37 / QUELLE(S) POSITION(S) FAUT-IL FAIRE ?

Si tu es né·e après 1995, tu fais partie de la génération Z qui a grandi avec Internet. Qui dit accès à Internet dit accès sans limites et sans doute très jeune à des images, vidéos et films pornographiques en tous genres, dans lesquels tu as sans doute vu des positions plus rocambolesques les unes que les autres, qui faisaient hurler ces dames de plaisir et gémir d'une voix rauque ces messieurs. Remettons les choses dans leur contexte : les films porno sont des films, et, par définition, fictifs. Dans *Titanic*, Jack s'appelle en réalité Leonardo DiCaprio et Rose porte le nom de Kate Winslet. Bien que Jack et Rose s'aiment terriblement fort et que Jack meurt à la fin du film – *sorry* pour le *spoil* si tu n'as pas vu ce chef-d'œuvre –, DiCaprio n'est évidemment pas mort et il n'est pas non plus amoureux de Kate Winslet dans la vie réelle. De la même façon, ça n'est pas parce que, dans un film porno, ces messieurs ont une érection à toute épreuve et que ces jeunes femmes semblent prendre leur pied comme jamais que c'est la réalité ! Le *behind the scenes*, c'est que ces messieurs sont dopés au Viagra et que ces dames jouent un rôle : ce sont des actrices. Tout ça pour te dire que ces positions farfelues que tu as pu voir et qui faisaient hurler ces personnages de plaisir ne sont pas forcément les positions les plus folles, ni les meilleures, et que si, en les reproduisant, vous ne hurlez pas de plaisir, ça n'est pas grave. D'ailleurs, si en les reproduisant vous hurlez, mais de rire, ça n'est pas grave non plus !

Ce petit avant-propos étant fait, tu sais sans doute qu'il existe énormément de positions pour faire l'amour, qui sont toutes répertoriées dans le *Kamasutra*. Les plus connues et plus courantes sont le missionnaire, la levrette, le soixante-neuf, Andromaque et leurs dérivés – parce que le *Kamasutra* ne déconne pas avec la précision, si tu bouges une jambe, ça change le nom de la position. Si ces positions sont les plus courantes, c'est sans doute parce qu'elles sont les plus faciles à reproduire, les plus instinctives et les moins techniques. Qu'on soit de nature plutôt classique et qu'on aime rester sur des positions courantes ou qu'on soit plus exotique, ou simplement curieux·se, en en tentant d'autres, il n'y a jamais de position qu'il faille faire à proprement parler. La seule chose qui compte, c'est d'être dans une position dans laquelle les deux partenaires se sentent à l'aise et prennent du plaisir. Il n'y a aucune règle sur le nombre de positions pendant l'acte, ni sur le rythme, ni sur quoi que ce soit. Il y a de très beaux et bons rapports qui se contentent d'un missionnaire, et d'autres tout aussi glorieux qui auront passé en revue des dizaines de positions différentes. La seule chose qui compte, pour les positions comme pour tout le reste en matière de sexualité, c'est d'être à l'aise, d'en avoir envie, et de kiffer.

Quand on a envie de changer de position, on change ; quand on a envie de rester comme ça, on reste, et c'est pas parce que ta copine Germaine t'a dit qu'il fallait surtout pas faire du missionnaire parce que « ça fait pitié » qu'elle a raison. C'est pas non plus parce que ton copain Alfred t'a raconté que sa meuf a eu cinq orgasmes en brouette thaïlandaise que ça fonctionnera pour ton couple. *Chacun fait fait fait vite ce qui lui plait plait plait*[11], sans surtout se prendre la tête sur quelle position faire. La meilleure chose à faire, c'est d'en discuter avant, pendant ou après, d'essayer de nouvelles choses si on en a envie, ou de rester dans sa zone de confort si ça nous convient, et surtout de ne pas chercher à faire de sa vie sexuelle un film pornographique par ego. La seule chose qui compte, c'est vous deux, votre connexion, ce que vous partagez, ce que vous ressentez. Le reste, et surtout l'avis et la vie des autres, on s'en fout !

38 / QUELLE POSITION EST CELLE QUI FAIT LE MOINS MAL ?

Pendant une relation sexuelle, si une position te fait mal, ce n'est jamais normal et il faut le dire, arrêter, en parler, voir où vous avez fait quelque chose de travers, réessayer si vous en avez envie, ou passer à autre chose si ça vous a gonflé·e·s.

Si, en lisant cette question, tu as plutôt pensé à la douleur de la première pénétration vaginale pour une fille, eh bien, parlons-en. Si tu as un corps de femme, lors de ta première pénétration vaginale, ton hymen[12], qui est encore vierge, va être distendu – et non déchiré, comme beaucoup d'idées reçues le racontent. Le fait de distendre cette membrane peut effectivement faire mal, mais ça dépend de beaucoup de paramètres. Déjà, on n'est pas tou·te·s égaux·les : certains corps de femmes auront de toute façon plus mal que d'autres, pour la simple et bonne raison que nous sommes tou·te·s différent·e·s, et surtout que nous n'avons pas tou·te·s le même seuil de tolérance à la douleur. Ensuite, ça dépend de taon partenaire : s'iel y va comme un·e bourrin·e, ça a potentiellement plus de chances de faire mal plutôt que s'iel y va délicatement.

---

11. Paroles issues de la chanson *Chacun fait (c'qui lui plaît)* par Chagrin d'amour (duo pop franco-américain des années 1980 composé de Grégory Ken et Valli).

12. L'hymen est une fine membrane située dans le vagin et qui en ferme partiellement l'entrée.

Logique, d'où l'idée de donner à l'autre cette information importante avant ta première pénétration vaginale. C'est pas forcément une partie de plaisir de dire à l'autre « Coucou, je n'ai encore jamais vécu la pénétration vaginale donc ça serait chouette que tu y ailles doucement » parce que c'est un sujet très intime, mais on en a parlé plus tôt : la communication, c'est vraiment important. Si l'autre sait que c'est ta première pénétration vaginale, iel ira évidemment doucement et prendra tout le temps dont tu as besoin, alors que s'iel pense à tort que ta première pénétration date mais que tu ne lui as rien dit, tu ne pourras pas lui en vouloir d'avoir été moins précautionneux·se.

La douleur de la première pénétration vaginale dépend aussi de ton niveau de stress : plus tu seras stressé·e, plus tu seras contracté·e au niveau du vagin, et plus il y a de chances que ce soit douloureux. De la même façon, si ton vagin n'est pas lubrifié – que ce soit avec du lubrifiant synthétique ou de la cyprine, qui est le lubrifiant naturel du vagin –, le frottement sera plus fort et donc beaucoup plus douloureux. N'hésitez pas à bien prendre votre temps et à vous assurer que ce paramètre soit bien validé.

Aussi, tu l'auras compris, je ne pense pas que la douleur de la première pénétration vaginale dépende vraiment de la position mais plutôt de tous ces paramètres. Il me semble que souvent, la première pénétration vaginale se fait en missionnaire, déjà parce que c'est la position la plus courante, et puis sans doute parce qu'au moins, tu es allongé·e. Est-ce que c'est la meilleure ? Ça, je n'en sais rien du tout. Après, rassure-toi quand même : sauf vaginisme[13] ou autre pathologie particulière, il ne s'agit pas

13. Le vaginisme est un dysfonctionnement sexuel assez fréquent. Il se traduit par une contraction involontaire : c'est le resserrement réflexe des muscles du plancher pelvien (muscles entourant le vagin) qui se produit lorsqu'il y a tentative d'insérer un objet dans le vagin (tampon, spéculum, pénis, etc.). Cette contraction peut rendre la pénétration impossible (le vagin étant alors totalement clos) ou possible mais très douloureuse. Source : www.lesclesdevenus.org

d'une douleur atroce. C'est chiant, c'est pas ultra-agréable et ça peut mettre plusieurs rapports à ne plus faire mal du tout, mais on n'est heureusement pas sur une torture. Disons que c'est un moment relou à passer. Si tu fais en sorte d'être accompagné·e de quelqu'un avec qui tu te sens bien à ce moment-là, tu n'as aucun souci à te faire ! D'ailleurs, si tu n'es pas bien, si ça fait trop mal ou si tu as envie d'arrêter, rappelle-toi que tu peux toujours dire stop à tout moment, sans aucune excuse ou justification à donner.

39 / EST-CE QUE FAIRE SA PREMIÈRE FOIS AVEC UN·E AMI·E EST UNE BONNE IDÉE ?

La question d'avoir des relations sexuelles avec un·e ami·e, que ce soit pour sa première fois ou sa millième fois, c'est un sujet qui revient énormément. Comme tu l'auras compris, si tu as déjà lu quelques questions avant celle-là, la seule chose qui compte en matière de sexualité, c'est le consentement des deux partenaires. Ça, et kiffer bien entendu. Prendre du plaisir. Pour le coup, il me semble que, si tu as envie de coucher avec ton ami·e qui a aussi envie de le faire avec toi, il n'y a pas de raison de s'en priver. D'un autre côté, si cet·te ami·e est vraiment important·e à tes yeux, il y a peut-être matière à y réfléchir à deux fois. Un·e ami·e, par définition, c'est quelqu'un avec qui tu t'entends bien, qui te respecte, avec qui tu te sens bien, vous partagez des choses, et vous avez confiance l'un·e en l'autre. Entre ami·e·s, on n'a en principe pas d'attirance physique, amoureuse ou sexuelle. Sinon, c'est plus qu'un·e simple ami·e, c'est la définition parfaite du crush, voire du sentiment amoureux… Non ?

Outre ce questionnement important, imaginons que, pour toi, ce soit parfaitement clair, coucher avec cet·te ami·e, c'est « juste » pour te débarrasser de ta première fois, ou alors « juste » pour le fun, il n'y aura jamais de sentiments de ton côté. Admettons. Mais qui te dit que c'est parfaitement vrai de l'autre côté ? Es-tu vraiment sûr·ure que ton ami·e ne ressent effectivement rien du tout pour toi pour accepter de faire l'amour avec toi ? Es-tu sûr·ure qu'après avoir couché ensemble, après avoir partagé ce très fort moment d'intimité, ce sera toujours aussi clair des deux côtés ?

En imaginant que la réponse à toutes ces questions soit oui – déjà, pas évident d'arriver jusque-là avec que des oui, m'enfin... –, supposons que vous couchiez ensemble. Es-tu sûr·ure que vous n'allez pas recommencer ? Parce que, plus tu fais l'amour avec quelqu'un, plus il y a de chances qu'au moins un·e des deux commence à développer des sentiments ! Et même, imaginons que vous couchiez ensemble seulement une fois, qu'il n'y ait pas de sentiments, que vous soyez ultra clair·e·s tou·te·s les deux. Si tu souhaites garder cet·te « ami·e » dans ta vie, te sentiras-tu capable d'assumer cette relation passée devant taon futur·e copain·ine ? Et qu'en dira le/la futur·e copain·ine de ton ami·e ?

L'idée est simple : avant de coucher avec ton ami·e, demande-toi si ce qui compte le plus pour toi, c'est de coucher avec lui ou avec elle, ou si c'est de le/la garder dans ta vie pour toujours. Si tu comptes sur cet·te ami·e *ad vitam aeternam*, je peux t'assurer que coucher avec lui/elle n'est pas une bonne idée. Maintenant, si c'est juste un·e pote et que cette personne ne représente pas grand-chose dans ta vie... YOLO !

Nota bene : si en lisant ce paragraphe tu te rends compte que tu es complètement love de ton « ami·e » et qu'il est question que vous couchiez ensemble, peut-être qu'il serait intéressant de la jouer franco et de lui dire honnêtement tes sentiments. Parce que, OK, si c'est pas réciproque, ça fait mal – mais au moins, tu seras fixé·e –, mais si par bonheur vous êtes tou·te·s les deux sur la même longueur d'onde, si c'est réciproque et que vous entamez une relation amoureuse sur une base solide d'amitié, alors là je peux te dire que ce genre de relation, c'est le superjackpot du loto de l'amour.

40 / EST-CE QUE JE PEUX FAIRE L'AMOUR (OU MA PREMIÈRE FOIS) UN JOUR OÙ J'AI MES RÈGLES ?

Pendant ton cycle menstruel, ton utérus crée une muqueuse utérine censée pouvoir accueillir l'ovule une fois fécondé. Si la fécondation n'a pas lieu, ton utérus se contracte pour faire sortir la partie de ton endomètre qui ne servira pas. C'est la raison pour laquelle, lorsque tu as tes règles, tu perds du sang et quelques caillots un peu gluants. Du coup, si tu fais l'amour pendant tes règles, qu'il y ait ou non pénétration, la seule chose que tu risques, c'est de faire de sacrées taches de sang sur tes draps. À part ce détail technique, absolument rien ne t'empêche d'avoir des rapports sexuels pendant tes règles. Après, ça dépend de la sensibilité de chacun·e. Certaines personnes sont dégoutées ou apeurées à la vue du sang, ce qui ne leur donne pas du tout envie d'avoir des rapports pendant les règles. C'est la raison pour laquelle c'est toujours plus sympa de prévenir ou d'être prévenu·e si l'un·e des deux partenaires a ses règles. Au moins, on sait si l'autre est gêné·e par ça – communication, *always*.

Certaines personnes sont même gênées par leur propre sang et/ou n'osent pas avoir de rapport pendant les règles de peur d'être jugées. Petit rappel sur ce point : avoir ses règles est un phénomène tout à fait naturel, signe que ton corps fonctionne bien, que tu n'es pas enceinte, et il n'y a aucune raison d'être gêné·e par ce phénomène. Le sang des règles n'est pas sale, pas plus que celui qui sort de ton genou quand tu t'écorches ou de tes gencives quand tu te laves les dents trop fort.

Tu l'auras compris, tu peux tout à fait avoir des rapports sexuels pendant les règles. Attention néanmoins, avoir ses règles n'exclut pas d'utiliser une protection contre les maladies sexuellement transmissibles (MST), les infections sexuellement transmissibles (IST) et les grossesses non désirées. Solution efficace et pas chère pour se protéger des trois en même temps : le préservatif !

Petit point important : si tu as tes règles et que tu portes un tampon ou une cup, ça te permettra de profiter de joyeux préliminaires sans tacher tes draps, et c'est bien pratique. En revanche, attention ! Pas de pénétration vaginale si tu n'as pas enlevé ton tampon ou ta cup au risque de pousser ta protection tellement loin dans ton vagin que tu ne pourras pas l'enlever tout·e seul·e ! Et alors là, la seule option qui s'offre à toi, c'est un petit séjour à l'hôpital dont tu te passerais bien, j'imagine. Donc pas de drama inutile, oui, tu peux faire l'amour pendant tes règles, oui, tu peux avoir une pénétration vaginale pendant tes règles, mais surtout, tu enlèves ta protection avant, sinon bonjour les ennuis !

Nota bene : n'hésite pas à protéger tes draps avec une serviette foncée, ou juste d'aller batifoler sous la douche, c'est moins compliqué pour enlever les taches derrière.

41/ J'AI FAIT MA PREMIÈRE FOIS AVEC UN COUP D'UN SOIR ET J'AI PEUR DU JUGEMENT

Que les choses soient bien claires, qu'il s'agisse de ta première, dixième, centième ou millième fois, pour faire l'amour, un seul critère est nécessaire : que tu en aies envie et que l'autre aussi. C'est ce qu'on appelle le consentement mutuel. Idéalement, si tu peux aussi faire en sorte que le rapport soit légal[14], c'est toujours mieux, ça permet

14. Quand je parle de légalité, c'est pas des conneries. Dans l'article 227-25 du Code pénal par exemple, on peut lire : « Hors le cas de viol ou de toute autre agression sexuelle, le fait, par un majeur, d'exercer une atteinte sexuelle sur un mineur de quinze ans est puni de sept ans d'emprisonnement et de 100 000 euros d'amende. » Bon. Ça fait pas rire les mouettes.

d'éviter quelques désagréments. Mais au-delà de ça, tout le reste, on s'en fout. Que ce soit sur la plage, dans un lit ou dans une voiture, que tu connaisses l'autre depuis dix ans ou dix minutes, que vous ayez pris la peine de discuter avant ou pas, tant que ça vous convient à tou·te·s les deux, rien d'autre ne compte. En matière sexuelle, si tu suis bien la règle de ne faire que ce dont tu as envie et avec qui tu en as envie, tout devrait très bien se passer.

Quand j'entends des gens me parler de leur peur du jugement, j'ai toujours envie de bondir : qu'est-ce qu'on s'en fout de ce qu'en pensent les autres, puisque tu as fait quelque chose que tu avais envie de faire, toi ? Et d'ailleurs, à quel moment sont-iels censé·e·s le savoir ? Et quand bien même iels en entendraient parler, à quelle heure on leur a demandé leur avis ? Et quand bien même iels seraient suffisamment impoli·e·s et indélicat·e·s pour donner un avis non sollicité, pourquoi y porter tant d'intérêt ? Ta vie sexuelle ne regarde que toi ! Tu n'as pas besoin d'en parler aux autres, et si d'aventure un de tes exploits sexuels s'ébruite, tu n'as pas à en répondre devant qui que ce soit. Si tu as fait quelque chose dont tu avais envie, tu as bien eu raison, et ça s'arrête là. Tu sais, il y aura toujours un·e connard·sse pour désapprouver ce que tu dis, fais ou pense. De même qu'il y aura toujours quelqu'un pour approuver ! Quoi que tu fasses, tu trouveras toujours quelqu'un pour venir t'emmerder et quelqu'un d'autre pour venir te soutenir. Du coup, pourquoi ne pas se concentrer sur celleux qui te soutiennent et laisser de côté celleux qui t'emmerdent ? D'ailleurs, as-tu seulement pensé aux raisons pour lesquelles ces gens désapprouvent tes actions – qui, encore une fois, ne les regardent pas ?

Souvent, celleux qui se permettent d'émettre un jugement manquent d'ouverture d'esprit, sont jaloux·ses, envieux·ses, coincé·e·s du cul ou font simplement des projections sur toi qui n'ont pas lieu d'être. Bref, des relou·e·s dont tu n'as besoin ni dans ta vie, ni dans ta tête. Aussi, souviens-toi bien que, quoi qu'il arrive, la seule chose qui compte, c'est de faire ce dont tu as envie. Comme ça, quoi qu'on puisse juger ou reprocher, tu auras toujours la meilleure réponse qui est : « De un, qu'est-ce que ça peut te foutre ? Et de deux, ouais, j'ai fait ça, je l'ai fait parce que j'en avais envie, d'ailleurs puisque ça t'intéresse, au passage, j'ai kiffé. Au fait, je ne me souviens pas de t'avoir demandé ton avis sur la question, donc à l'avenir n'hésite pas à me faire le plaisir de ne venir me le donner que si je te l'ai demandé, bisous. » Et puis voilà ! Que chacun·e reste à sa place, et les cochons seront bien gardés, comme dirait l'autre[15].

15. Personne ne dit ça. On est d'accord.

“QUAND T'AS PEUR”

42/ EST-CE QUE C'EST GRAVE D'AVOIR DÉJÀ FAIT DES PRÉLIMINAIRES À 14 ANS ?

Mettons-nous une bonne chose dans la tête : il n'y a pas d'âge « normal » pour commencer sa sexualité. D'ailleurs, on va souvent y revenir dans ce livre, la notion de normalité n'a pas sa place dans la sexualité. Tant que tu es consentant·e, que taon partenaire aussi et que votre relation reste dans le cadre de la légalité, aucun problème à signaler.

Malgré ça, certaines personnes ressentent toujours le besoin de juger ta vie, tes actions, tes décisions. Sache qu'une personne qui se permettrait de juger ta vie sexuelle sous prétexte qu'elle estime que tu es « trop jeune » ou déjà « trop vieux·eille » pour la démarrer est un·e abruti·e fini·e. Il n'y a pas de bon âge pour commencer. Chacun·e a son histoire, son rythme, la seule chose qui compte, c'est que toi tu te sentes prêt·e et que tu en aies envie. Le reste, l'avis des autres, on s'en tape. D'ailleurs, si quelqu'un vient te dire que 14 ans, c'était trop jeune pour faire des préliminaires, garde bien en tête de ne plus jamais confier de détails sur ta vie intime à cette personne. Les gens qui te jugent ou, pire, te culpabilisent sur quelque sujet que ce soit, ça part à la poubelle direct.

Donc à la question « Est-ce que c'est grave d'avoir fait des préliminaires à 14 ans ? », ma réponse est non, évidemment non. Ça n'est pas grave du tout, c'est même assez *normal*. C'est plus tôt que la moyenne en France, mais ça ne veut surtout pas dire que c'est grave. La seule chose qui pourrait être grave serait que tu aies fait des préliminaires sans en avoir envie, que tu te sois senti·e forcé·e ou que tu aies forcé taon partenaire. Ça, ce serait grave. Ce qui est grave aussi, c'est le comportement culpabilisateur de ces personnes qui se permettent d'apposer un jugement sur ta vie sexuelle sans que tu ne leur aies demandé leur avis. Mais toi, rassure-toi : tu n'as fait qu'écouter ton corps et kiffer, et tu n'as absolument rien fait de mal, au contraire.

43 / J'AI PEUR DE FAIRE MAL À MAON COPAIN·INE POUR SA PREMIÈRE FOIS, COMMENT FAIRE ?

Dans la question « Quelle est la position qui fait le moins mal ? », page 103, je disais justement qu'en tant que femme, lors de ta première pénétration vaginale, ton hymen va être distendu – et non déchiré, comme beaucoup d'idées reçues le racontent. Le fait de distendre cette membrane peut effectivement faire mal, mais ça dépend de beaucoup de paramètres. Déjà, on n'est pas tou·te·s égaux·les : certaines femmes auront de toute façon plus mal que d'autres, pour la simple et bonne raison que nous sommes tou·te·s différent·e·s, et surtout que nous n'avons pas tou·te·s le même seuil de tolérance à la douleur. Ensuite, ça dépend de taon partenaire : s'iel y va comme un·e bourrin·e, ça a potentiellement plus de chances de faire mal plutôt que s'iel y va délicatement. Logique, d'où l'idée de donner à l'autre cette information importante avant ta première pénétration vaginale. Effectivement, c'est pas forcément une partie de plaisir de dire à l'autre : « Coucou, je n'ai encore jamais vécu la pénétration vaginale donc ça serait chouette que tu y ailles doucement », c'est pas forcément évident parce que c'est une conversation intime, mais on en a parlé plus tôt : la communication, c'est vraiment important. Si l'autre sait que c'est ta première pénétration vaginale, iel ira évidemment doucement et prendra tout le temps dont tu as besoin, alors que s'iel pense que ta première pénétration date mais que ça n'est pas le cas et que tu ne lui as rien dit, tu ne pourras pas lui en vouloir d'avoir été moins précautionneux·se.

La douleur de la première pénétration vaginale dépend aussi de ton niveau de stress : plus tu seras stressé·e, plus tu seras contracté·e au niveau du vagin, et plus il y a de chances que ça soit douloureux. De la même façon, si ton vagin n'est pas lubrifié – que ce soit avec du lubrifiant synthétique ou de la cyprine, qui est le lubrifiant naturel du vagin, le frottement sera plus fort et donc beaucoup plus douloureux. N'hésitez pas à bien prendre votre temps et à vous assurer que ce paramètre soit bien validé.

Tu l'auras compris, trois paramètres essentiels entrent en jeu si tu ne veux pas faire mal à taon partenaire lors de sa première pénétration vaginale : son stress, la lubrification, et ton comportement. Je parle de pénétration vaginale, mais ça fonctionne aussi pour la pénétration anale d'ailleurs, à la différence près qu'il n'y a pas d'hymen dans l'anus et que l'anus ne se lubrifie pas suffisamment tout seul.

Que tu comptes pénétrer taon partenaire avec ton pénis, tes doigts ou un sextoy – ou autre, mais ne vous insérez pas n'importe quoi dans les orifices s'il vous plait, ça peut être vraiment dangereux –, la clé pour ne pas lui faire mal, c'est vraiment la délicatesse, dans ton comportement et dans tes gestes. Il te suffit d'être à l'écoute de l'autre, d'y aller tout doucement, et de ponctuer tes avancées par des questions douces et réconfortantes du style « Ça va ? Je peux continuer ? Tu veux qu'on arrête ? Tout va bien ? Tu n'as pas mal ? ». Tant que taon partenaire se sent bien et souhaite continuer, et que toi aussi, tout va bien. Si tu vois que ça coince, n'hésite pas à lui demander ce qui ne va pas, comment t'adapter, n'hésitez pas à ajouter du lubrifiant si besoin, à y aller plus en douceur ou même à faire une pause, quitte à recommencer plus tard.

Nota bene : tous les lubrifiants ne sont pas compatibles avec tous les préservatifs, donc attention, renseignez-vous avant ! Un préservatif endommagé, c'est un préservatif qui ne te protège plus ni des maladies sexuellement transmissibles (MST), ni des infections sexuellement transmissibles (IST), ni des grossesses non désirées.

44 / J'AI PEUR DE ME METTRE TOTALEMENT NU·E DEVANT MAON COPAIN·INE, *HELP* !

Que ce soit devant taon partenaire ou devant qui que ce soit, se mettre nu·e devant quelqu'un pour la première fois n'est jamais une chose évidente. Dans la question « Et si au final j'ai trop peur de le faire ? Et si j'ai peur toute ma vie ? », je racontais justement qu'on évoluait dans une société où la pudeur existe et est importante, et qu'il faudrait tout à coup tout oublier et se mettre à poil ! Ça peut paraitre un peu brutal, et entre nous, c'est normal de se sentir bousculé·e à l'idée de se retrouver nu·e face à quelqu'un.

La bonne nouvelle dans tout ça, c'est que déjà, tu n'as pas besoin de passer de zéro à cent en une journée, et même pas en un mois, d'ailleurs. Tu as le droit d'y aller *step by step*, tout doucement. Si aujourd'hui tu passes l'après-midi avec ton mec/ta meuf et que certains vêtements tombent, très bien, mais rien ne vous oblige à tout enlever d'un coup ! D'ailleurs, c'est pas parce que t'as bien voulu enlever ton jean la fois précédente qu'aujourd'hui, demain ou le mois prochain, tu es ou seras obligé·e de l'enlever aussi. À chaque fois qu'un vêtement tombe ou que taon partenaire essaie de t'en enlever un, tu as le droit de dire stop, tu as le droit de dire « Pas tout de suite », « Attends un peu », ou « Pas trop vite ». Tu as aussi le droit de dire que tu ne te sens pas prêt·e, ou simplement que tu n'en as pas ou plus envie. C'est absolument essentiel de le faire si c'est ce que tu ressens, parce que pour le coup, si tu ressens le besoin de mettre le holà et que tu n'oses pas, c'est un *red flag* important : ça signifie que tu n'es pas suffisamment à l'aise avec taon partenaire pour faire valoir ton « non »,

“Quand on cherche
une réponse
à une question
qu'on n'ose pas poser,
on se remet soi-même
en question
et on s'imagine souvent
que c'est notre faute.”

donc ton absence de consentement, et ça n'est jamais bon signe.

Si c'est le cas, essaie d'identifier la cause de ton malaise :

- ◊ Est-ce que le fait que tu n'oses pas dire « non » vient de ton manque de confiance en toi ? Si oui, rassure-toi et assume-toi : dire « non » ou « stop » ne fera jamais de toi un·e nul·le, un·e gamin·e, un·e coincé·e du cul ou que sais-je. Tu as le droit de t'exprimer. En matière de sexualité, c'est même quasi un devoir de t'exprimer, surtout s'il s'agit de respecter ton consentement.
- ◊ Si le fait que tu n'oses pas vraiment dire « non » ou « stop » vient du comportement de taon partenaire parce que tu as peur de sa réaction, de ce qu'iel va dire ou que tu te sens obligé·e, FUIS ! Personne n'a le droit de te forcer, de te juger, de te faire te sentir mal, de te rabaisser ou de te dire des choses désobligeantes sous prétexte que tu n'es pas prêt·e ou que tu n'as pas envie. Après, il arrive qu'on ait « peur » de l'éventuelle réaction de saon partenaire sans être bien sûr·ure qu'iel se comportera effectivement d'une mauvaise façon. À ce moment-là, autant s'en assurer, histoire d'en avoir le cœur net. C'est exactement ce que je racontais dans la question « Comment se mettre soi-même et l'autre à l'aise avant sa première fois ? » où je te propose de « tester » taon partenaire pour vérifier s'iel respecte bien ton consentement (je te laisse aller voir page 88).

En principe, si tu respectes bien ta sensibilité, si tu ne vas pas plus vite que ce que tu veux bien, tout devrait bien se passer. Bien entendu, comme toute chose nouvelle, l'appréhension de la nudité, surtout face à l'autre, c'est toujours un peu inquiétant, et c'est vrai que parfois on a besoin de « se jeter à l'eau ». Mais attention à bien faire la différence entre « Allez, c'est parti, j'y vais, j'ose parce que j'en ai envie » et « Je me force pour faire plaisir à l'autre ». La seconde phrase ne doit jamais être une option. Jamais. Se forcer pour faire plaisir à l'autre, c'est tout sauf respecter son propre consentement. Et c'est clairement pas ce que tu as envie de faire.

Si, malgré le fait que tu y ailles bien à ton rythme, tu continues d'être particulièrement angoissé·e par le fait d'être nu·e devant taon partenaire, c'est peut-être à cause de complexes ou soucis plus profonds que la pudeur qui te sont propres et que tu connais sans doute déjà. Peut-être que dans un premier temps, éteindre la lumière peut t'être d'une grande aide : dans le noir, on n'a pas besoin d'affronter le regard de l'autre. La couette peut être une très bonne cachette pour commencer à assumer d'être totalement – ou partiellement d'ailleurs – nu·e à côté de taon partenaire.

« Ton corps est tel qu'il est, le détester ou le cacher ne le modifiera pas. »

Peut-être que le fait de parler à l'autre de ce qui t'inquiète réellement peut être salvateur pour toi. Par exemple, imaginons qu'Alphonse n'ose pas se mettre nu devant saon partenaire parce qu'il pense que la taille de son pénis est trop petite, ou que Gertrude n'ose pas se mettre nue parce qu'elle estime que ses seins sont trop petits. Si ni Gertrude ni Alphonse n'osent rien dire sur les raisons de leur blocage par rapport à la nudité, que vont penser leurs partenaires ? « Ah, c'est peut-être qu'iel ne me fait pas confiance », ou alors « Peut-être qu'iel ne me trouve pas assez attirant·e », ou, pire, « C'est surement ma faute ». Le manque de communication va créer un fossé entre les deux partenaires, parce que c'est ce qu'on fait tou·te·s : quand on cherche une réponse à une question qu'on n'ose pas poser, on se remet soi-même en question et on s'imagine souvent que c'est notre faute. Donc on s'en veut, on perd confiance en soi, et on s'éloigne. Mais si Gertrude et Alphonse ont la bonne idée de dire clairement à leurs partenaires la raison pour laquelle iels n'osent pas se mettre tout·es nu·e·s, au lieu de s'imaginer que c'est leur faute, les partenaires en question prendront tout le temps nécessaire pour les rassurer sur ce point, pour les mettre plus à l'aise et peut-être faire évoluer les choses. Comme ça, pas de remise en question inutile, pas de perte de confiance en soi, que de la communication, de l'échange, des *good vibes*, et on est au max. Donc oui, même sur les complexes, même sur les sujets qui fâchent, communication. *Always.*

Dernier point par rapport à la pudeur et à ton corps : que tu l'aimes ou non, que tu l'acceptes ou non, rappelle-toi quand même que ton corps est tel qu'il est, et que le détester ou le cacher ne le modifiera pas. Il est courant d'avoir des complexes, je pense même qu'on en a tou·te·s, mais t'empêcher de vivre une sexualité épanouie sous prétexte que tu trouves que telle ou telle partie de ton corps ne correspond pas à ton idéal et qu'il faut à tout prix la cacher aux yeux de l'autre est la pire idée du monde. Déjà parce que la détester ne la rendra pas mieux ni différente, et surtout, la cacher ne la fera pas disparaitre... au contraire. Sois sûr·ure que, malgré tous tes efforts appliqués, si tu penses que tes fesses – ou tes cuisses, ou ton ventre, ou tes seins, ou ta bite – sont trop grosses ou trop petites, ton amoureux·se les a déjà vues à travers ton jean. Et c'est pas parce que tu les caches qu'iel n'a pas idée de ce à quoi elles ressemblent. Puisqu'iel les a déjà vues ou entraperçues, peut-être qu'il est temps d'accepter toi aussi qu'elles sont là, tes fesses, et que l'obsession vaine d'essayer de les cacher t'empêche de kiffer !

45 / J'AI PEUR DU JUGEMENT DE L'AUTRE LORS DE MA PREMIÈRE FOIS, *HELP* !

Si tu as peur du jugement de l'autre, tu as donc peur de ce qu'iel va voir de toi, de ton corps, de tes actions, et surtout de ce qu'iel va en penser. Mais au-delà de ce que peuvent penser Alphonse, Dominique ou Germaine de toi, que penses-tu, toi, de ta personne ? C'est surtout ça, le souci. Je m'explique : lorsqu'on a peur du jugement des autres, OK, on a peur de ce qu'iels vont voir et entendre de notre part, et on a peur de ce qu'iels vont en penser. Mais qui réfléchit pendant des heures à ce que ces gens pourraient bien penser négativement de toi ? À part dans le cas particulier d'un malmenage ou d'un harcèlement scolaire, qui est une situation grave dont tu dois absolument parler et pour laquelle tu dois absolument te faire aider, la seule personne qui réfléchit à tout ce qui pourrait être dit ou pensé négativement de toi et remplit ta tête de toutes ces idées négatives sur toi, c'est… toi. Notre ami Sartre aura beau répéter que « l'enfer, c'est les autres », si tu as peur du jugement des autres, l'enfer pour le coup, c'est surtout ton imagination, ton manque de confiance en toi et peut-être même ton amour-propre, qui t'empêchent de vivre en te remplissant l'esprit de toutes ces idées-là. Donc il serait peut-être temps de couper ce flot de pensées négatives et de te concentrer sur ce que toi tu penses plutôt que sur ce que les autres peuvent penser… À méditer.

Si tu as peur du jugement de l'autre, au moment de ta première fois ou à n'importe quelle fois d'ailleurs, il y a trois raisons possibles :

- soit tu n'es pas à l'aise avec taon partenaire parce qu'iel n'a pas été agréable ou a été désobligeant·e ou que simplement tu ne le sens pas ;
- soit tu manques tellement de confiance en toi que tu te dévalorises et que tu imagines toutes les choses négatives qu'on pourrait penser de toi ;
- soit les deux.

Comme je te le disais dans les questions précédentes, si le souci vient du comportement de taon partenaire qui clairement ne te met pas à l'aise, il est peut-être temps d'écouter ta petite voix et de prendre tes jambes à ton cou. Si tu ne sens pas cette personne, si tu n'es pas à l'aise en sa compagnie, c'est qu'il y a une raison. Vous pouvez essayer d'en discuter ensemble bien sûr, mais c'est quand même un bon gros *red flag* à ne pas ignorer si tu veux mon avis. Il n'est absolument pas normal de se sentir mal à l'aise à cause du comportement de l'autre et si c'est le cas, c'est peut-être que l'autre enfreint des limites qu'iel n'a pas à enfreindre, qu'iel a atteint ta sensibilité – sans forcément s'en rendre compte d'ailleurs, mais ça n'empêche que ça t'a mis·e mal –, ou encore que vous n'avez pas les mêmes valeurs et donc simplement rien à faire ensemble, auquel cas il semble assez évident que faire ta première fois avec cette personne n'est pas la meilleure idée du monde si tu souhaites te sentir à l'aise.

De l'autre côté, si le comportement de l'autre est normal et respectueux et que tu continues d'être effrayé·e à l'idée de son jugement, c'est que tu dois impérativement apprendre à te laisser tranquille. On y reviendra surement dans ce bouquin, mais toute la sphère de la sexualité tourne autour du lâcher-prise. Or, se prendre la tête sur ce que l'autre va dire ou penser de toi, c'est clairement à l'opposé du lâcher-prise. Voici donc le conseil de Mamie Nadia pour réussir à te foutre un peu la paix sur ce point : déjà, laisse de côté tout ce que tu peux penser de négatif sur ton corps. Ton corps, on l'a vu tout à l'heure dans la question « J'ai peur de me mettre totalement nu·e devant maon copain·ine, *help* ! », il est comme il est. Le détester, le dénigrer, le cacher, ça ne le changera pas. Essaie de garder à l'esprit que, si l'autre a décidé de faire l'amour avec toi, c'est sans doute qu'iel aime ton corps et éprouve même du désir pour toi et ton corps. Ce n'est pas parce que tu as un avis négatif tranché sur la taille de tes fesses ou de ton ventre que taon partenaire le partage. Et d'ailleurs, quand bien même iel penserait la même chose que toi sur tes complexes, s'iel est encore là, c'est que le désir est plus grand que le reste, et donc que ce complexe n'a franchement pas lieu de te gâcher la vie !

Si tu as plutôt peur du jugement de l'autre par rapport à tes actions, notamment au moment de tes premières fois, pour le coup, c'est une peur qui me parait tout à fait rationnelle. Tu arrives dans le monde de la sexualité dans lequel tu n'as encore aucune expérience, tu m'étonnes que tu aies peur d'être maladroit·e ! C'est normal ! Au passage, voici un scoop qui risque de ne pas trop te plaire : tu vas forcément être maladroit·e sur plein de tes actions. Et taon partenaire aussi évidemment, même s'iel a plus d'expérience que toi ! La bonne nouvelle, c'est qu'on s'en fout complètement, parce que c'est normal d'être maladroit·e. C'est normal de se tromper quand on apprend et qu'on découvre, et la seule chose qui compte lorsque ça se produira, c'est que l'autre sache te dire gentiment, sans jugement et avec tact que ça n'est pas la meilleure façon de t'y prendre, de te montrer comment faire, et que toi surtout, tu ne mettes pas ton ego en jeu à ce moment-là : évidemment que tu ne peux pas tout bien faire parfaitement dès la première fois. Évidemment que tu vas « mal » faire des choses et être maladroit·e ! Et ça ne fait pas de toi un mauvais coup, au contraire : si tu es capable de ranger ton ego à ce moment-là, de prendre l'information avec légèreté sans bouder – parce que de toute façon, si l'autre ne te manque pas de respect, il n'y a vraiment aucune raison de se vexer ou de bouder – et de bien t'intéresser à ce que taon partenaire t'explique quand iel te montrera comment mieux faire, t'inquiète que tu vas rapidement te transformer en ce qu'on appelle un « très bon coup ». Conclusion : si tu as peur du jugement de l'autre sur tes actions, pars simplement du principe que, oui, tu vas te planter, comme ça, c'est acté, et tu sais déjà comment réagir en cas de maladresse.

Malgré tous ces bons conseils, dans le cas particulier où l'autre te jugerait effectivement – ce qui constitue un énorme *red flag* –, il est important que tu saches malgré tout comment réagir. Comme je te le disais, il est normal de faire des erreurs, surtout les premières fois, et c'est cool d'en discuter pour savoir comment mieux faire plaisir à l'autre et se faire plaisir au passage. Mais si d'aventure tu tombes sur un·e partenaire qui n'aurait pas l'élégance et l'ouverture d'esprit de ne pas te juger, ça n'est évidemment pas la même affaire. Typiquement, si tu essaies de faire ton premier cunni ou ta première fellation et que l'autre te hurle dessus en mode « Aïe, putain, mais ça fait trop mal, t'es vraiment nul·le au lit ! » ou encore « Ben dis donc, c'était mieux avec mon ex », sache qu'il ne s'agit pas d'un comportement acceptable et encore moins normal. Je me répète, mais il est normal de se tromper, d'être maladroit·e, il arrive malheureusement de faire mal à l'autre, et il est normal de le signaler. Il est nécessaire ensuite d'en parler pour faire mieux les prochaines fois, mais il n'est jamais normal de manquer de respect à l'autre, ni de l'humilier. Le « C'était mieux avec mon ex », ou alors « T'es nul·le », que ce soit vrai ou pas, ça ne se dit pas. La comparaison négative avec de précédent·e·s partenaires n'est pas acceptable parce que c'est un manque de respect. Le jugement négatif induisant que tu es nul·le

“Quelqu’un qui se comporte d’une façon humiliante avec toi ne mérite pas de partager ton intimité. Et pour moi, c’est un énorme et définitif *NEXT*.”

ou bon·ne à rien, ou un mauvais coup n'est pas acceptable parce qu'il est humiliant. En aucun cas tu n'as à accepter ce type de comportement, et si par malheur ça t'arrive, n'hésite pas à faire valoir le fait que tu n'acceptes pas ça. Dans un cas pareil, je te conseille dans un premier temps de mettre fin immédiatement au rapport sexuel – de toute façon, en principe, si on t'humilie, ça coupe l'envie. Ensuite, selon comment tu te sens et ce dont tu as besoin, tu peux te rhabiller ou non, en parler ou non, partir ou non. Mais si tu veux l'avis de Mamie Nadia sur la situation, quelqu'un qui se comporte d'une façon humiliante avec toi ne mérite pas de partager ton intimité. Et pour moi, c'est un énorme et définitif *NEXT*.

46 / EST-CE QUE LE FAIT D'AVOIR PEUR PEUT EMPÊCHER LA PÉNÉTRATION ?

Au cas où tu ne le saurais pas, je le dis et le répète : je ne suis pas médecin et je n'ai pas les compétences requises pour analyser le sujet en profondeur – lol. Malgré ça, je peux quand même te donner un élément de réponse.

La peur et le stress ont évidemment une forte influence sur nos corps. Sur un corps d'homme, par exemple, la peur, l'appréhension et/ou le stress peuvent couper totalement l'érection[1]. Or, pas d'érection, pas de pénétration. Donc dans ce cas précis, oui, le fait d'avoir peur peut empêcher la pénétration.

Du côté de l'anatomie féminine, la peur, le stress, etc., ont également un impact important. Par exemple, ils peuvent amoindrir la lubrification naturelle[2] du vagin, rendre le frottement désagréable, voire brulant, et ainsi rendre la

---

1. Point vocabulaire : l'érection, c'est lorsque le pénis est gonflé de sang, souvent grâce à l'excitation, et donc devient suffisamment dur pour une pénétration vaginale ou anale.
2. Le lubrifiant naturel du vagin est sécrété à l'entrée du vagin et s'appelle la cyprine.

pénétration plus douloureuse, voire impossible. En cas de peur ou de stress, il est également possible que les muscles autour du vagin se resserrent tellement que la pénétration devient impossible, au-delà d'être douloureuse.

Tu l'auras compris, la peur peut effectivement empêcher la pénétration, donc le mot d'ordre, encore une fois, c'est : lâcher-prise. Il peut arriver qu'on ait besoin de s'y reprendre à plusieurs fois, de prendre son temps, d'essayer de se détendre. Si jamais ça persiste, il te faudra surement consulter un·e médecin ou un·e gynécologue pour en discuter et être sûr·ure que tout va bien.

47 / COMMENT FAIRE POUR RASSURER MAON COPAIN·INE UN MAXIMUM ?

On a tou·te·s nos appréhensions concernant le début d'une relation, sexuelle ou non, avec un·e nouveau·elle partenaire. Si tu souhaites rassurer ton amoureux·se au maximum, commence par identifier quelles sont ses inquiétudes : est-ce qu'iel a peur d'avoir mal, de mal faire, d'être ridicule, de la nudité, de sentir mauvais, ou encore autre chose ? Une fois que tu connais les inquiétudes de l'autre, à toi de trouver les mots tendres qui l'aideront à se sentir mieux. Bien entendu, il est de mise de faire preuve d'ouverture d'esprit, de gentillesse, de douceur et de tact : si tu te fous de sa gueule en apprenant qu'iel a peur de telle ou telle chose, tu ne gagneras rien d'autre que de briser sa confiance et faire encore grandir ses inquiétudes. Donc surtout, pas de jugement, même si tu estimes que c'est « rien du tout » ou que la situation est risible. Si taon partenaire te fait l'honneur de se confier à toi sur ses peurs et inquiétudes, sois digne de les recevoir et accueille ses confidences avec respect, douceur, tolérance et bienveillance.

Si tu souhaites rassurer l'autre, n'hésite pas à bien prendre le temps. Si par exemple l'autre est particulièrement stressé·e par l'avancée des évènements, souvenez-vous que rien ne presse et que vous n'êtes obligé·e·s à rien. Si l'autre sent que tu lui laisses toute l'opportunité de prendre son temps – ce qui au passage est littéralement normal et nécessaire de ta part –, iel se sentira rassuré·e, en confiance, et pourra sans doute avancer plus facilement par la suite.

Il est important de rassurer saon partenaire, certes, mais il est important également que tu aies en tête qu'il s'agit d'un équilibre : ce n'est pas ta faute si taon partenaire s'inquiète ou bloque encore alors que tu essaies de le/la rassurer depuis six mois. Bien que tu prennes du temps et de l'énergie pour le/la rassurer, ce n'est pas ton entière responsabilité de faire en sorte que cela évolue. Tu es concerné·e bien sûr, mais l'autre a aussi évidemment sa part de responsabilité dans ce travail : une relation, ça se construit à deux. Aussi, si tous les mots rassurants que tu utilises ne suffisent pas à terme à rassurer complètement l'autre, si vous continuez de stagner à cause des inquiétudes et angoisses de l'un·e ou de l'autre, peut-être qu'il s'agit d'un souci plus profond qui nécessite une aide extérieure.

48 / JE N'AI JAMAIS OSÉ EMBRASSER PARCE QUE J'AI PEUR DE MAL FAIRE, D'ÊTRE MALADROIT·E

Rappel essentiel : quand on envisage de faire quelque chose qu'on n'a encore jamais fait, il est normal, humain même, d'avoir peur. Nous sommes ainsi faits : on a tendance à avoir peur de ce qu'on ne connait pas. Donc déjà, ne t'inquiète pas trop sur ce point : on a tou·te·s le même problème à ce sujet. Ça revient exactement à ce dont je parlais dans la question « J'ai peur du jugement de l'autre lors de ma première fois, *help* ! » : c'est normal d'être maladroit·e quand on apprend. Même si je parlais alors de sexualité, comme tu l'observes, ça peut s'appliquer à quasiment tout, ainsi qu'aux premiers bisous.

Avoir peur du jugement de l'autre, que ce soit pour un premier bisou, une première impression ou une première fois, ça revient à faire primer le regard de l'autre sur le tien, et ça, c'est pas bon. La seule chose qui compte dans ce type de moment, c'est de faire primer la spontanéité. Effectivement, si tu n'as jamais embrassé qui que ce soit, tu risques d'être un peu maladroit·e. Mais rassure-toi, tant que tu ne fourres pas énergiquement ta langue dans la bouche de l'autre pour y faire une machine à laver, tout va bien se passer. Faire un bisou, que ce soit sur la bouche ou sur la joue, c'est quand même sensiblement la même chose. Alors OK, quand c'est sur la bouche et que c'est le ou les premiers bisous, c'est plus sensuel, on bouge un peu les lèvres, selon les habitudes et préférences de chacun·e, on se mordille, on se lèche, on s'échange les salives, mais je t'assure qu'il n'y a pas de quoi s'inquiéter au sujet de comment bien faire son premier bisou. C'est hyper intuitif, et puis tu auras toute la journée, soirée, voire toute la vie, pour continuer à te perfectionner ! D'autant plus qu'il s'agit vraiment et uniquement de kiffer.

Tu sais quoi, si tu as trop peur pour le tout début, contente-toi simplement d'offrir tes lèvres et d'attendre de voir ce que l'autre va faire pour faire pareil. Comme ça, au « pire », ça sera juste un *smack*, et au mieux, ça sera un beau baiser tendre et sensuel et tu seras passé·e pour un·e pro. Quoi qu'il en soit, que tu foires ton premier bisou ou pas, sache vraiment que ça n'est pas un concours, et, encore une fois, qu'il est normal d'être maladroit·e dans ses premières fois.

Toutefois, si tu as tellement peur que tu te retrouves à tourner la tête et donc à foutre un vent de l'espace à l'autre à chaque fois que l'occasion de faire ton premier bisou se présente, là, c'est plus problématique. Si c'est ça ton souci, il faut impérativement que tu gardes en tête que la décision n'appartient qu'à toi d'assumer que tu as envie de ce bisou, en osant justement le vivre enfin. Oui, c'est vrai que c'est pas facile de sentir que le moment arrive, que le visage de l'autre se rapproche, qu'il va falloir assumer son attirance envers l'autre puisque l'autre est en train de le faire aussi et qu'on en a envie. Mais c'est aussi ça, l'entrée dans le monde de l'Amour, c'est se jeter à l'eau, avoir le cœur qui palpite, des papillons dans le ventre. Et honnêtement, ça vaut le coup, alors pourquoi continuer à t'en priver ?

49 / POURQUOI C'EST LA HONTE DE N'AVOIR AUCUNE EXPÉRIENCE ?

À partir du moment où tu maitrises quelque chose, d'une manière générale, tu as confiance en toi. Par exemple, si tu parles bien anglais, c'est pas que tu vas sauter de joie à l'idée d'aller en cours d'anglais ou d'être interrogé·e, mais simplement tu seras détendu·e puisque tu sais que tu maitrises la langue et que tu ne passeras pas pour un·e idiot·e devant tout le monde. De l'autre côté, si t'es vraiment pas calé·e en histoire, de toute évidence, tu passeras un moins bon moment si tu es interrogé·e parce que tu sais que tu vas te planter. En matière d'amour et de sexualité, c'est exactement la même chose : si tu as de l'expérience, tu maitrises un peu ton sujet, et donc tu as confiance en toi. Tu sais comment embrasser – je t'assure que c'est vraiment pas sorcier –, tu sais comment se passent les préliminaires, tu connais en gros le corps du ou des sexe(s) par le(s)quel(s) tu es attiré·e, tu as peut-être même vécu ta première pénétration, etc. Comme tu connais tout ça, tu es plus à l'aise pour en parler, tu te permets de prendre des initiatives sans te poser un milliard de questions, et tu donnes le sentiment de quelqu'un qui a confiance en lui/elle. Et la confiance en soi… c'est sexy. C'est sexy tout simplement parce que si tu as confiance en toi, tu donnes envie à la personne en face de suivre l'exemple et de te faire confiance à son tour. Or, se sentir en confiance, c'est agréable, apaisant, et donc attirant et séduisant.

De l'autre côté, si tu prends la même personne mais sans aucune expérience en matière amoureuse ou sexuelle, on l'a vu dans les questions précédentes : comme dans tout ce qu'on ne connait pas, on a peur. On se remet en question, on a peur de mal faire, d'être ridicule, de se tromper, et *de facto*, on perd confiance en soi. Le souci lorsqu'on manque de confiance en soi, c'est que beaucoup de personnes malveillantes aiment en jouer. Garde quand même bien en tête que si ces personnes font ça, c'est uniquement pour souligner tes défauts avant que quelqu'un ne soulève les leurs en premier ; c'est même pas forcément méchant, c'est souvent un mécanisme d'autodéfense : l'attaque. Typiquement, si un de ces grossiers personnages capte que c'est un sujet sensible pour toi de n'avoir encore aucune expérience, ils vont appuyer dessus et te vanner en public à ce sujet. Toi, comme tu manques de confiance en toi sur ce plan, tu vas avoir du mal à te défendre, tu vas peut-être te vexer ou essayer de répondre quelque chose d'encore plus bête ou méchant pour ne pas perdre la face, et si par malheur tu manques de répartie – ce qui arrive toujours dans ce genre de moment –, ça va tomber à l'eau, et donc tu vas te prendre la honte.

Voici le bon conseil de Mamie Nadia si tu as « honte » de ton manque d'expérience : que tu complexes sur ton manque d'expérience est une chose en soi, et on l'a déjà vu, il n'y a vraiment aucune honte à avoir, car on avance chacun·e à son rythme. Dans tous les cas, tu ne dois pas le porter comme un fardeau. Mieux, tu ne dois surtout pas laisser quiconque t'humilier à ce sujet, simplement parce qu'il n'y a aucune raison d'avoir honte. Et puis simplement parce que personne n'a le droit de t'humilier tout court. Donc conseil numéro 1, si ton manque d'expérience est un sujet sensible pour toi, ne te sens pas obligé·e d'en parler à tout le monde. Non pas que ça soit un secret inavouable, c'est seulement un élément intime de ta vie privée que tu n'as pas à révéler à la première personne venue, encore moins si elle est malveillante ou qu'elle n'est pas capable de garder tes confidences pour elle.

Conseil numéro 2 : si besoin, le cas échéant, ASSUME ! Non, tu n'as pas d'expérience, oui, ça te fait chier de n'en avoir encore aucune, et effectivement, tu as hâte que les choses évoluent sur ce point, et alors ? Si tu réponds posément à quiconque tenterait de « rire » de ton manque d'expérience quelque chose comme « Du coup ça fait quoi que je sois puceau·elle ? Va au bout de ta pensée, parce que je comprends pas trop où tu veux en venir » ou alors « D'accord, mais pourquoi tu parles de ça ? », si tu réussis à rester posé·e et à répondre quelque chose dans ce style, tout à coup, ton bourreau a de fortes chances de se sentir comme un·e con·ne, simplement parce que de « personne qui n'a pas confiance en elle et qui ne maitrise pas son sujet », tu passes à « personne qui s'assume complètement, qui est ouverte d'esprit même dans les sujets les plus sensibles, et qui n'a pas peur d'affronter le regard des autres à ce sujet qui de toute façon ne regarde que toi ». En faisant ça, tu inverses les rôles et ton bourreau passe pour le/la gros·se lourd·e de service qui ne respecte pas l'intimité d'autrui pendant que toi tu passes pour la personne ouverte d'esprit qui n'a aucun tabou et qui s'assume totalement… plutôt stylé.

50 / COMMENT RECONNAITRE UNE RELATION TOXIQUE OU ABUSIVE ?

Quelle que soit la relation en question, qu'elle soit familiale, amicale, amoureuse ou même professionnelle, il y a des comportements de base à respecter et certaines limites à ne jamais dépasser. Par exemple, il est essentiel de toujours respecter les personnes autour de soi, de les traiter avec bienveillance, tolérance, d'essayer au maximum de faire preuve d'ouverture d'esprit, de signifier son désaccord poliment le cas échéant, d'en discuter si nécessaire, d'être poli·e, agréable, bref, d'appliquer les règles de bienséance. Bien entendu, si tu prends la peine de te comporter de cette façon, tu mérites qu'on se comporte de la même façon avec toi en retour. Une relation saine est toujours marquée par l'équilibre. Même lorsqu'un lien de subordination est naturellement présent, comme avec ton employeur au travail, avec tes parents ou même avec tes professeurs, cet équilibre de respect mutuel doit toujours être présent. Le respect, c'est pour tout le monde.

Quand il s'agit de relations d'égal à égal, il est d'autant plus important de respecter – et de faire respecter – cet équilibre. Par exemple, tu prends le temps d'écouter les histoires et problèmes de tes ami·e·s, évidemment, mais il est important en retour que tes ami·e·s t'écoutent également, que ce soit pour des histoires positives ou négatives. Il est important qu'iels prennent en retour le temps de t'écouter et de te consoler sur tes histoires tristes, mais aussi qu'iels prennent le temps de célébrer tes victoires et réussites. Si tu prends la peine de faire des choses pour des gens qui ne prennent jamais le temps de les faire pour toi, la relation est déséquilibrée. Tu peux bien sûr te dire : « Non mais c'est pas grave, moi j'aime bien les écouter, ses histoires, à Germaine, et puis bon OK, quand je raconte les miennes, elle me coupe souvent la parole et puis elle regarde tout le temps son téléphone, mais moi ça me dérange pas, je sais que c'est pas méchant, elle est sympa, Germaine. » Mais même si ça ne te dérange pas, même si ça n'est effectivement pas méchant, la relation est par définition déséquilibrée. Or, le déséquilibre, c'est le premier *red flag* de la relation malsaine, qui peut évoluer bien sûr vers la relation carrément toxique. Et crois-moi, t'as pas envie de te retrouver coincé·e dans ce type de relation-là.

Parce que le souci, c'est que la relation toxique, que ce soit en amitié ou en amour, elle commence toujours par un déséquilibre. Ça commence par des petites choses insignifiantes, du style : c'est souvent toi qui te déplaces, mais parce qu'il y a une bonne raison, et puis c'est souvent plutôt toi qui dois décaler ton emploi du temps pour pouvoir voir l'autre, mais pareil, y a quand même des raisons valables, et puis bon, c'est vrai que tes histoires passent vraiment au second plan en ce moment, mais tu te dis que c'est passager. Et puis ça passe au niveau supérieur : c'est souvent toi qui payes, en cas d'embrouille, c'est généralement ta faute, donc toi qui dois t'excuser – alors que, rappelons-le, dans une embrouille, on est toujours deux, il y a toujours des torts des deux côtés –, jusqu'au point de non-retour où tu subis des situations inacceptables, où tu dois gérer des problèmes qui ne sont pas les tiens, t'excuser pour des choses que tu n'as pas faites, éventuellement payer pour des dettes dans lesquelles tu n'as rien à voir… Bref, il faut être vigilant·e parce qu'une relation toxique, ça démarre tout en douceur, mais ça vire rapidement au cauchemar.

Au-delà de l'équilibre, qui est le premier facteur à flancher lors d'une relation toxique, vient rapidement le manque de respect et d'estime de l'autre. Lorsque la relation est déjà franchement déséquilibrée, il n'est pas rare que le bourreau[3] considère ce déséquilibre comme normal. Typiquement, sur les trente dernières fois où vous vous êtes vu·e·s, tu t'es déplacé·e vingt-huit fois jusqu'à ton bourreau sans aucun remerciement de sa part, puisqu'il est devenu tout à fait normal que tu fasses cet effort. D'ailleurs, vous ne vous posez peut-être même plus la question d'où vous vous retrouvez, puisque tu sais déjà que ce sera ton bourreau qui choisira la destination la plus pratique à ses yeux. Plus la relation avance, plus tes efforts pour l'autre et votre relation sont nombreux, et plus ils semblent insuffisants. Ce sont des efforts de présence, d'écoute, de don de soi, de don matériel aussi, de créativité, de tout ce dont pourrait avoir envie ou besoin le bourreau.

---

3. Dans une relation toxique ou malsaine, on parle de bourreau et de victime.

« Le premier stade du déséquilibre est déjà un *red flag* suffisant pour prendre la décision de mettre fin à cette relation afin de se préserver. »

Et bizarrement, il arrive une journée où ton bourreau te traite comme si tu étais la septième merveille du monde, ce qui lui permet de relancer la machine pour quelque temps encore, pendant que toi tu te diras quelque chose comme « c'était un moment merveilleux, j'ai de la chance d'être avec quelqu'un qui prend soin de moi comme ça ». Ça n'est bien sûr qu'une illusion, mais malheureusement, vu le nombre d'histoires qu'on me raconte tous les jours, ça fonctionne à merveille. D'où l'importance, encore une fois, de se questionner sur l'équilibre de la relation : bien sûr que tu passes de bons moments avec cette personne, mais quel est le ratio de bons et mauvais moments pour toi ? Même un 50/50 est très loin d'être suffisant. En amour notamment, il est difficile de ne passer que des bons moments ensemble, mais les engueulades et moments désagréables ne peuvent en aucun cas dépasser les 30 % du quotidien. Sinon, il faut vraiment se poser des questions.

Après le manque de respect et d'estime de l'autre arrive rapidement l'humiliation. Ton bourreau n'hésite pas à faire des blagues blessantes et rabaissantes à ton égard, que ce soit en public ou seul·e à seul·e. Iel n'hésite pas à te rappeler que tes efforts sont insuffisants ou que tu n'es pas assez bien pour lui ou pour elle, que tu ne fais pas les choses comme il faut. Résultat : tu perds confiance en toi, tu te résumes à l'image qu'iel te donne de toi, tu t'imagines que tu as déjà de la chance d'être avec quelqu'un, et encore plus avec lui/elle, qui est une personne extraordinaire et qui te fait l'honneur de rester avec toi. Parce que toi, à ce stade, tu t'imagines – à tort, évidemment – que personne d'autre ne pourrait vouloir de toi.

Il n'est pas nécessaire d'en arriver à ce stade pour considérer une relation comme toxique et pour vouloir s'en dépêtrer. J'en parlais plus tôt, le premier stade du déséquilibre est déjà un *red flag* suffisant pour prendre la décision de mettre fin à cette relation afin de se préserver.

Si, en lisant ce paragraphe, tu penses particulièrement à une personne, il peut être intéressant d'y réfléchir plus profondément : te sens-tu dans un rapport d'équilibre avec cette personne ? T'es-tu déjà senti·e blessé·e ou rabaissé·e par cette personne ? Comment as-tu réagi et pourquoi ? Cette personne prend-elle le temps de célébrer tes réussites ou préfère-t-elle s'appesantir sur tes échecs ? Si les réponses à ces questions sont inquiétantes, rendez-vous dans la question suivante.

51/ COMMENT SORTIR D'UNE RELATION TOXIQUE ?

Petit point vocabulaire : dans une relation toxique, il y a un bourreau et une victime. Il faut bien avoir en tête que le bourreau n'est pas forcément – voire jamais – conscient d'être toxique pour l'autre. S'iel se comporte comme ça, ça n'est pas par méchanceté. Iel se comporte simplement de la façon qu'iel juge normale, parfois sans aucune mauvaise intention, sauf que sa définition de la normalité est évidemment complètement erronée. C'est d'ailleurs souvent ça qui prête à confusion, c'est la bonne foi du bourreau. Iel ne *veut* pas être toxique, malheureusement, iel l'est quand même. Pour avoir lu de nombreux articles sur les relations toxiques, il semblerait qu'il soit à peu près impossible de faire entendre raison sur son comportement à son bourreau, ça serait même apparemment contreproductif. Donc si tu te rends compte que tu es dans ce type de relation, plutôt que de te soucier du bien-être de ton bourreau, commence par te soucier du tien et file à l'anglaise : le plus discrètement possible. Parce que oui, malheureusement, une fois que la relation toxique est installée, il est très difficile de s'en extirper. Plus la relation est importante, plus ton bourreau a d'emprise sur toi.

Dans le cas d'une relation amicale toxique, je conseille toujours le non-évènement : prendre de la distance physiquement, sous prétexte de n'être pas bien ou pas dispo en ce moment, et bien sûr de prendre de la distance dans les échanges en répondant, mais toujours après quelques heures minimum, voire quelques jours, de façon évasive, sans jamais préciser de détail important sur sa vie. En suivant ce schéma, ça peut prendre quelques mois, mais l'éloignement fonctionne et on finit toujours par être débarrassé·e. Si tu es malheureusement obligé·e de croiser ton « ami·e » toxique régulièrement, à cause des cours par exemple ou d'une activité en commun, c'est un peu plus compliqué. Dans tous les cas, l'idée de rester très évasif·ve sur toi, ta vie et tes soucis est toujours un bon premier pas. Moins tu parleras de toi, moins l'autre aura d'emprise potentielle sur toi ou d'excuses pour t'écrire. Ensuite, petit à petit, essaie de passer un peu de temps avec d'autres personnes en parallèle de ton bourreau, jusqu'à migrer définitivement vers ces nouvelles personnes afin de ne plus être seul·e avec ton bourreau. Idéalement, essaie de migrer sans ton bourreau. S'iel a élargi son cercle avec toi, une fois qu'iel sera occupé·e par ces nouvelles fréquentations, à toi de profiter de ce temps pour te sociabiliser, seul·e cette fois, avec d'autres personnes, pour ensuite ne plus du tout passer du temps avec ton bourreau.

Lorsque la relation toxique est une relation amoureuse, on augmente encore le niveau de difficulté. Le souci dans la relation amoureuse toxique, c'est que la dimension émotionnelle en est intégralement contaminée. Souvent, la victime a déjà perdu toute confiance en elle, elle est convaincue de n'avoir aucune valeur en tant qu'être humain et qu'elle ne retrouvera jamais personne. Il est donc très difficile pour la victime de partir, d'autant plus que, si elle ose tenter une rupture, elle se retrouve fatalement confrontée au comportement manipulateur du bourreau :

◊ soit *via* la culpabilité, parce que le bourreau – qui sera sincèrement triste en plus – va pleurer cette histoire, dire enfin les belles choses que la victime attend depuis toujours, promettre des changements et évolutions sur son comportement, et emballer sa victime en repartant pour un tour ;

- soit par la peur, en menaçant la victime. Les menaces peuvent être très différentes selon les points de pression que possède le bourreau. Il peut s'agir de violences physiques, de pression financière, de garde d'enfants, de pressions matérielles, de chantage au suicide…

Quoi qu'il en soit, il faut bien avoir en tête qu'une rupture amoureuse avec son bourreau est une étape extrêmement compliquée parce qu'elle comprendra forcément un des deux, voire les deux, comportements susdécrits. En effet, si la partie manipulation culpabilisatrice ne fonctionne pas, il n'est pas rare que la partie menace fasse rapidement suite. Il faut avoir à l'esprit que le bourreau joue gros : si la victime n'a pas osé partir plus tôt en se disant qu'elle ne retrouverait de toute façon jamais personne, c'est en réalité bien le bourreau qui a lieu de s'inquiéter de pouvoir un jour retrouver quelqu'un à vampiriser aussi profondément. Donc forcément, malgré tous ces mauvais traitements, l'attachement du bourreau envers sa victime est important, réel, puissant, presque vital parfois, d'où sa réticence extrême à la laisser partir.

À mon sens, dans le cas d'une relation importante avec une personne toxique dont on chercherait à s'extirper, il faut avant toute chose se préparer. On ne quitte pas son bourreau si facilement, tu l'auras compris. La préparation est essentielle, parce que l'action promet d'être rocambolesque. D'abord, tu dois être bien sûr·ure de toi, de tes raisons, et tu dois impérativement avoir pris ta décision définitivement. Il s'agit d'une étape difficile qui promet d'être longue et périlleuse, et si tu n'es pas encore sûr·ure de toi, tu peux aussi attendre. Il vaut mieux attendre un peu plutôt que de commencer à initier la rupture pour retomber dans les bras de ton bourreau derrière.

Si tu es bien sûr·ure de toi et que tu te sens prêt·e à affronter tout ça, première étape, il faut s'entourer. De toute façon, si tu es effectivement victime d'une relation toxique, ton entourage doit déjà détester ton bourreau depuis bien longtemps ; tu ne manqueras pas d'allié·e·s dans cette préparation – sauf si, malheureusement, ton bourreau a déjà réussi à t'isoler de ton entourage, auquel cas il faut impérativement que tu prennes le temps de (re)trouver d'autres soutiens. Dans un premier temps, mets quelques personnes de confiance dans la confidence. Préviens-les que tu comptes te séparer, que ça promet d'être une étape difficile, et, le cas échéant, que tu as besoin d'un endroit où pouvoir dormir ou te réfugier. Une fois que tu as du soutien et défini un endroit où vivre après la séparation, réunis tes affaires personnelles les plus précieuses – mais pas toutes tes affaires tout court, ça risque d'être suspect – et mets-les en lieu sûr. Commence déjà à ne plus parler à ton bourreau de tes histoires personnelles ou autres choses intimes. Une fois ces étapes réalisées, il est temps d'agir. Selon ce que tu sais de ton bourreau, ne prends surtout aucun risque : s'il y a ne serait-ce qu'un risque de violences, même mince, sois accompagné·e ou annonce la rupture par téléphone, visio ou par message. Annonce la rupture comme une décision unilatérale définitivement prise, et non comme un échange qui a vocation à évoluer : tu as pris la décision de te séparer, ça s'arrête là. Tu n'as pas besoin de donner d'explications ni de te justifier : « Je ne t'aime plus » est un motif de rupture largement recevable, tu n'as pas besoin d'en dire plus. Essaie de faire en sorte que l'échange soit le plus concis possible : plus ce sera court, moins tu laisseras d'occasions à ton bourreau de te manipuler et d'essayer de te faire changer d'avis.

Une fois cette étape difficile terminée, le plus dur reste de ne surtout pas retourner en arrière. Ton bourreau va forcément tenter de te récupérer, je le disais, par la culpabilité, la menace ou la force, mais il faut impérativement résister, sinon tout ce travail n'aura servi à rien, et ça sera retour à la case départ. Sollicite tes ami·e·s, tes proches, ta famille et tout ton entourage. Il est normal d'avoir besoin d'aide lors d'une rupture, particulièrement lorsqu'il s'agit d'une relation toxique. Hors cas de mariage, propriétés communes, enfants ou autre obligation qui impliquerait de garder un contact malgré tout, il est impératif qu'à partir de là tu coupes tout contact avec ton bourreau, quitte à le/la bloquer de partout. Partout, ça veut dire les réseaux sociaux, ton numéro, mais aussi ton mail, mail pro, numéro pro, etc. L'idée, c'est de l'empêcher de faire peser quelque pression ou chantage que ce soit sur tes épaules : forcément, s'il ne peut pas avoir de contact, il ne peut pas t'ennuyer.

Si tu choisis de mettre tout ça en place, courage, et surtout bonne chance. Tu peux le faire, tu as droit à une relation saine et équilibrée. Tu as le droit d'être aimé·e comme tu le mérites, et c'est pour ça que tu dois le faire. Pour toi. Ça ne promet pas d'être facile, ni avant, ni pendant, ni tout de suite après, mais une fois que tu seras définitivement sorti·e de cette histoire toxique, c'est une nouvelle vie qui s'offrira à toi, et tu ne pourras qu'en être fier·ère, entre autres parce que tu ne la devras qu'à toi-même.

52 / COMMENT ALLER AU-DELÀ DU SENTIMENT DE CULPABILITÉ DE QUITTER QUELQU'UN ?

Quelle que soit la durée de la relation qui précède, quitter quelqu'un n'est jamais une chose facile. Par définition, si c'est toi qui décides de quitter taon partenaire, c'est que la relation ne te convient pas ou plus, et que les raisons pour lesquelles cette relation ne te convient pas ou plus sont insolvables.

Avant de quitter quelqu'un, tu vas avoir besoin d'avoir des bases bien solides pour affronter cette épreuve, *a fortiori* si la culpabilité te ronge. Premièrement, assure-toi bien d'être sûr·ure de ta décision. Ça peut paraitre évident dit comme ça, mais un faux départ en matière de rupture laisse toujours des traces, qu'on le veuille ou non. Par

« faux départ », j'entends cette situation où tu quittes l'autre, vous êtes tristes tou·te·s les deux, deux jours plus tard tu regrettes et vous vous remettez ensemble, pour éventuellement vous quitter de nouveau quelques semaines plus tard. Avant de quitter la personne, si tu sens que tu n'es pas tout à fait sûr·ure de toi, n'hésite pas à prendre ton temps, quitte à prendre tes distances. Parfois, on a seulement besoin d'un peu d'espace pour y voir plus clair, ça peut même être salvateur ! Pendant ce temps de distance, réfléchis aux raisons pour lesquelles tu veux arrêter cette relation : est-ce que tu n'aimes pas ou plus l'autre ? Est-ce qu'il y a eu un évènement que tu n'arrives pas à pardonner ? Est-ce que tu te lasses de cette relation ? Est-ce que ton cœur s'emballe pour quelqu'un d'autre ? Est-ce que tu te rends compte que tu n'es pas heureux·se dans cette relation ou que l'autre ne te correspond juste pas ? Typiquement, certaines raisons se suffisent à elles-mêmes, comme l'absence d'amour ou d'attirance. En revanche, certains soucis, comme la lassitude par exemple, méritent parfois une conversation, des compromis et quelques efforts avant la rupture définitive. Mais ça, ça dépend de toi et de ta volonté. Si tu souhaites terminer cette relation, tu en as tous les droits.

Une fois que ta décision est prise et définitive, aie conscience de la potentielle difficulté de la situation, même pour toi qui prends cette décision. Quitter quelqu'un, ça veut dire s'en séparer, s'en éloigner, laisser cette personne vivre sa vie sans toi, et surtout, offrir la place que tu occupais dans sa vie à quelqu'un d'autre. Il est important que tu fasses ce travail-là en amont, parce que ce sont souvent ces détails précis qui font le « faux départ » dont je parlais plus tôt : quelques jours après la rupture, tout à coup on prend peur, on se rend compte qu'on risque de perdre définitivement l'autre, et on revient en courant vers l'autre qui nous accueille à bras ouverts. Sauf que, si les raisons de la rupture étaient au départ suffisamment importantes à tes yeux, tu reviendras pour peu de temps avant qu'elles ne te reviennent en pleine figure. Ce qui veut dire que taon partenaire, qui aura déjà vécu la peine d'une rupture, puis la joie d'une remise ensemble, devra au final de nouveau se faire quitter ! Si tu culpabilises de quitter l'autre, je peux te dire qu'une rupture propre et nette fait beaucoup moins mal que ces allers-retours déchirants. Et puis, c'est quand même pas la meilleure façon de remercier quelqu'un d'avoir vécu une histoire d'amour avec soi que de lui faire vivre ces chauds-froids cruels et égoïstes. Par respect pour cette personne, essaie donc de ne pas faire d'allers-retours, d'être bien sûr·ure de ton choix, et de ne pas revenir en arrière par confort. Bien entendu, il arrive qu'on se rende compte qu'on a fait n'importe quoi en quittant l'autre et qu'il ne fallait pas se séparer, mais en principe, si tu as suivi les deux premiers points, tu ne devrais pas te retrouver dans cette situation – et si d'aventure ça t'arrive quand même, tu cours bien sûr récupérer cette personne, et puis on n'en parle plus.

Une fois que tu es sûr·ure de tes raisons et que tu es bien préparé·e mentalement à cette épreuve qui promet d'être difficile malgré tout, il s'agit d'affronter l'autre et de lui annoncer ta décision. Souvent, la rupture n'est pas une surprise. Elle découle généralement d'une période compliquée à deux, de passages à froid, de conversations menant à des tentatives de compromis rarement convaincantes... Bref, la rupture ne sort jamais vraiment de nulle part. Il est donc rare que le sujet soit difficile à amorcer. En revanche, il peut être très délicat émotionnellement. Lorsque tu prends la décision de quitter quelqu'un, surtout s'il s'agit d'une décision unilatérale, tu sais que l'autre risque d'être malheureux·se parce qu'iel souhaite continuer votre relation, ce qui peut mettre celui ou celle qui compte initier la rupture dans une situation de culpabilité importante. Attention : il est absolument essentiel de retenir qu'on ne reste pas avec quelqu'un par peur de le/la rendre triste. On ne reste pas non plus avec quelqu'un pour lui faire plaisir ou, pire, par pitié. C'est de très loin le pire service que tu puisses rendre à cette personne et à toi aussi au passage. Rester avec quelqu'un avec qui tu ne souhaites plus continuer n'a aucun sens. Que tu ressentes de la culpabilité de laisser cette personne alors qu'elle t'aime encore et souhaite continuer la relation me semble tout à fait légitime, mais à aucun moment cette culpabilité ne doit ni ne peut te dicter de rester avec cette personne si ta décision est autre. Oui, une rupture est un moment difficile à passer. Oui, tout le monde s'en passerait bien. Oui, si cette rupture vient de ta seule volonté, elle promet de faire du mal à l'autre qui n'a rien demandé. Et même si taon partenaire a été absolument parfait·e avec toi du début jusqu'à la fin, si tu ne souhaites plus être avec cette personne, tu lui dois la vérité au-delà de chercher à t'éviter une certaine culpabilité. Malheureusement, en amour comme ailleurs, il y a certaines décisions essentielles à prendre où il faut penser avant tout à soi. Dans ce cas précis, tu ne peux en aucun cas rester avec quelqu'un parce que tu as peur de le/la décevoir, de le/la rendre triste, ou que sais-je encore. « Les histoires d'amour finissent mal en général[4] », c'est la vie malheureusement, c'est même quasi un passage obligé. Vous n'êtes ni les premier·ère·s ni les dernier·ère·s à vous séparer, taon partenaire ne sera pas non plus la seule personne au monde à subir une rupture difficile, en témoignent toutes les magnifiques chansons d'amour de tous les répertoires internationaux, et la bonne nouvelle, c'est qu'« avec le temps, va, tout s'en va[5] ».

Tu l'auras compris, la culpabilité est loin d'être une raison suffisante pour rester avec une personne avec qui tu ne souhaites pas continuer. Si, au-delà de la culpabilité, tu crains ou subis des menaces, des violences physiques et/ou morales au moment de la rupture, je t'invite à t'entourer

4. Paroles extraites de la chanson *Les Histoires d'A.* interprétée par Rita Mitsouko.
5. Paroles extraites de la chanson *Avec le temps* interprétée par Léo Ferré.

précautionneusement pour cette étape, et éventuellement à lire la question « Comment sortir d'une relation toxique ? » quelques pages en arrière.

53 / COMMENT QUITTER QUELQU'UN ?

Je disais justement dans la question précédente que souvent, la rupture n'est pas une surprise. Elle est souvent le résultat d'une situation qui s'est déteriorée petit à petit. Malgré cela, toute bonne rupture nécessite une petite introduction. On ne passe pas d'une conversation sur la météo à « Au fait, j'te quitte, bisous ! ». Évidemment, non. Un peu de tact, tout de même.

Avant d'annoncer la rupture, il faut que tu choisisses comment tu comptes l'annoncer. Par message, par téléphone, en face à face, par lettre ? De mon côté, j'ai tendance à penser que, dans la mesure du possible, la rupture en face à face est souvent la solution la plus appropriée. Elle vous permet de vous voir une dernière fois, elle offre à l'autre toute la possibilité de te questionner sur tes raisons, sur les circonstances de ta décision. Iel essaiera aussi forcément de te faire changer d'avis s'iel t'aime encore et ça sera pénible pour toi, mais bon, ça fait partie du jeu. En particulier lorsque la relation a été importante, j'irais même jusqu'à dire qu'offrir à l'autre une rupture en face à face, c'est « la moindre des choses » pour la personne quittée. C'est même presque une marque de respect, si tu veux mon avis. Bien sûr, ça n'est pas une règle de vie et tu fais bien comme toi tu le sens. Si tu préfères quitter ton mec/ta meuf par texto, libre à toi, mais bon, ça fait tout de suite moins classe. Bien entendu, selon les circonstances, il est parfois impossible de faire autrement que d'annoncer la rupture par téléphone ou message, que ce soit à cause de la distance ou pour des raisons de sécurité. Si ta relation n'a que très peu duré ou que tu souhaites particulièrement manifester ton mépris à la personne que tu quittes, l'utilisation du texto fait toujours son petit effet en ce sens également. Mais attention, la rupture, il n'y en a qu'une, et souvent, ça fait du bien de la faire en face pour se dire une dernière fois les choses. À toi de voir.

Une fois que tu as choisi ton mode de communication, tu as bien entendu toutes les possibilités du monde pour aborder le sujet. Beaucoup utilisent la méthode bien connue du « Il faut qu'on parle », qui a le mérite d'annoncer clairement la couleur. Si tu ne connais pas cette méthode, il s'agit en gros d'annoncer cette phrase devenue presque un code dans la langue française pour annoncer une rupture à venir, que ce soit par message, au téléphone ou en face à face. Tu peux aussi amener le sujet un peu plus délicatement en commençant par résumer les dernières semaines et difficultés de votre relation pour arriver jusqu'à l'annonce de ta décision. Si tu n'arrives pas à amener le sujet délicatement, tu peux bien sûr revenir à des phrases plus explicites comme « Il faut que je te dise quelque chose ». De toute façon, il n'y a pas de bonne ou de mauvaise façon d'amener le sujet ; la seule chose qui compte, c'est que tu sois clair·e sur ta décision, et qu'à la fin de votre conversation, le message soit passé et la relation terminée.

Il arrive bien sûr que l'autre soit en larmes, secoué·e ou même fâché·e. Dans tous les cas, je te conseille au maximum de ne pas envenimer la situation en abordant des sujets trop difficiles entre vous. Autant que faire se peut, essayez de ne pas vous engueuler, de rester calmes, respectueux·ses, et de vous dire au revoir en bonne et due forme. Je te conseille également de faire en sorte de ne pas t'éterniser non plus : c'est une étape difficile qui nécessite un peu de temps bien sûr, mais à partir du moment où tu sens que vous tournez en rond et que la question « **snif** Mais comment je vais faire sans toi ? **snif** » revient pour la cinquième fois sur le tapis, c'est que vous avez fait le tour de ce que vous aviez à vous dire, et qu'il est temps de partir.

Au moment de se quitter définitivement, dites-vous au revoir comme vous le souhaitez. S'enlacer tendrement et même s'embrasser une dernière fois n'est pas forcément inapproprié. La seule chose qui compte, c'est d'être honnête, sincère et respectueux·se de ce moment douloureux.

Après ça, le plus difficile arrive : il faut tenir. Ne pas s'écrire ou le moins possible, ne pas se voir, et commencer son deuil tranquillement, chacun·e de son côté. Et pour savoir comment s'en remettre, c'est la question juste après… Courage.

54 / COMMENT SE REMETTRE D'UNE RUPTURE APRÈS SA PREMIÈRE VRAIE RELATION DE COUPLE ?

Une « vraie » relation de couple ne nécessite pas d'avoir un certain âge ni de rester un temps minimum donné avec la personne. À partir du moment où tu vis cette relation comme une relation importante dans laquelle tu t'investis émotionnellement de façon sincère, on appellera ça une « vraie » relation de couple.

Le souci dans ce genre de relation, c'est que, quand tu es dedans, c'est le feu ; malheureusement, si elle doit s'arrêter, et pire, si ça n'est pas ta volonté, c'est la déprime ultime. On se demande comment on va faire pour continuer à vivre sans l'autre, on remet en question le sens de la vie, on se dit qu'on ne retrouvera jamais quelqu'un « comme lui » ou « comme elle », jamais aussi bien, jamais aussi parfait·e, qu'on ne retrouvera jamais une relation aussi belle, et puis on pleure. On se souvient des beaux moments passés ensemble, on les idéalise, et on se remet en question : « Ah, si je m'étais comporté·e plutôt comme ça, peut-être qu'on serait toujours ensemble » ou alors « Mais si j'avais fermé ma gueule ce jour-là, on serait peut-être toujours ensemble », et autres phrases douloureuses qui de toute façon ne mènent nulle part.

Si tu vis une rupture douloureuse, sache que, malgré la peine intense que tu ressens, malgré ce sentiment plus fort que tout qui te dit que « personne ne peut comprendre » et que « personne n'a jamais autant souffert que toi aujourd'hui », tu te fourres le doigt dans l'œil. C'est malheureux, mais on est quasi tou·te·s passé·e·s par là. Une rupture, c'est une désillusion. Et la désillusion, ça fait très mal pour tout le monde. C'est le moment où tu te rends compte que tu as misé sur le mauvais cheval, que tu t'es investi·e mentalement, émotionnellement et peut-être même physiquement dans une relation qui prend fin. C'est très difficile à avaler, d'où la douleur, mais il y a de bons réflexes à avoir dans ce genre de moments.

Déjà, commence par ouvrir honnêtement les yeux sur ta situation : si vous n'êtes plus ensemble, c'est qu'il y a une raison valable, et j'insiste sur le mot *valable*. Une rupture, ça veut dire : « Cette raison est plus importante que l'amour ou l'attachement que j'ai pour toi, donc je préfère te laisser partir. » Il faut vraiment entendre ça : « Je préfère ne plus être avec toi plutôt que de supporter cette raison. » C'est fort comme décision, non ? Que la décision de la rupture soit unilatérale ou prise d'un commun accord, n'oublie jamais cette fameuse raison pour laquelle cette rupture a eu lieu :

◊ Est-ce que c'est une absence ou fin de sentiments ? On est d'accord que tu ne veux pas sortir avec quelqu'un qui ne t'aime pas, donc clairement, t'es mieux sans cette personne plutôt qu'avec elle à continuer d'espérer quelque chose qui n'arrivera pas. De l'autre côté, si c'est toi qui n'en avais pas ou plus, en principe, tu n'es pas en PLS, sinon c'est que tu as peut-être pris la mauvaise décision.

◊ Est-ce que c'est à cause d'un sentiment d'insécurité vis-à-vis d'un·e pote/ex ambigü·e que toi ou l'autre n'a pas supporté ? Si ton ex éprouvait un sentiment d'insécurité provenant d'une relation potentiellement ambigüe entre un·e de tes potes/ex et toi, manifestement tu as choisi ce·tte pote/ex à ton mec/ta meuf, donc cette personne était de toute évidence plus importante à tes yeux que ta relation. Si c'est toi qui te sentais en insécurité à cause d'une éventuelle ambigüité entre ton mec/ta meuf et saon pote/ex et que tu n'as pas supporté, rends-toi compte que, si vous n'êtes plus ensemble aujourd'hui, c'est que tu as choisi de faire passer tes limites – et donc le respect de tes limites et de ta propre sensibilité au passage – avant tes sentiments, et tu peux être fier·ère de toi pour ça parce que tout le monde n'a pas ce courage.

◊ Est-ce que c'était un comportement que tu n'as pas supporté ou que l'autre n'a pas supporté ? Pareil, si c'est ton comportement que l'autre n'a pas supporté, sauf cas important où il peut être intéressant de se remettre en question, n'oublie pas que tu es tel·le que tu es, et que c'est à prendre ou à laisser. Si c'était un comportement de l'autre, rappelle-toi quand même que tu as préféré le/la laisser partir plutôt que de continuer à supporter ça, c'est donc sans doute que c'était trop dur pour toi et donc que tu t'es écouté·e, et donc que tu as eu raison de le faire !

« Tu es tel·le que tu es, et c'est à prendre ou à laisser. »

◊ Est-ce que vous ne vouliez pas la même chose ? Tu le sais comme moi, quand l'un·e veut du cul et l'autre une romance, c'est toujours celui ou celle qui en veut le plus qui souffre le plus. Donc autant abréger les souffrances de cette personne, que ce soit toi ou l'autre.

Je pourrais te donner cent mille autres exemples et t'aider à relativiser à chaque fois en conséquence, mais je pense que tu as saisi l'idée : chaque rupture arrive pour une raison *valable*, et à chaque fois que tu seras triste, à chaque fois que tu idéaliseras cette relation qui vient de prendre fin, n'oublie pas cette raison-là.

Ensuite, tu vas forcément passer par une grande phase de remise en question où tu vas te demander si, en te comportant différemment ou en assumant moins ce que tu voulais réellement, vous seriez peut-être toujours ensemble. Ce type de phase est important, se remettre en question, c'est toujours intéressant. Mais attention : se remettre en question ne veut pas dire se flageller. Si tu t'es fait larguer parce que tu as eu le malheur de te comporter naturellement, qu'en bon·ne Bisounours[6] tu t'es montré·e particulièrement affectueux·se et que ça n'a pas plu à l'autre, ça ne veut surtout pas dire qu'il ne faut plus jamais assumer ton besoin important d'amour et d'affection ! Tu es tel·le que tu es, et c'est à prendre ou à laisser. D'ailleurs, plus tu chercheras à dissimuler qui tu es vraiment et ce dont tu as réellement besoin, plus tu seras malheureux·se en amour, puisque tu seras aimé·e pour ce que tu n'es pas. Et puis de toute façon, chasse le naturel, il revient au galop ! Si tu réussis à faire croire que tu n'es pas un·e Bisounours pendant six mois, déjà, c'est un exploit, mais il va forcément y avoir un moment

6. J'appelle « Bisounours » toutes les personnes qui ont un fort besoin d'amour : iels en ont énormément à donner et iels ont besoin d'en recevoir beaucoup. Souvent, lorsqu'un·e Bisounours est encore jeune et peu expérimenté·e, iel s'imagine que c'est une honte d'être comme ça et iel a tendance à ne pas assumer en essayant de dissimuler ce qu'iel est réellement.

où tes réserves d'amour seront vides parce que tu auras vécu ces six mois de relation à perte[7], où ça va te faire péter un câble, et l'autre ne va juste pas comprendre ce qu'il se passe, ce qui peut potentiellement amener à une rupture et donc, de toute façon, à de la souffrance. Bref, sois toi-même et ne te remets jamais en question sur tes besoins essentiels. Ils sont comme les gouts et les couleurs, ils ne se discutent pas.

En revanche, si votre rupture a été causée par des comportements compliqués de ta part, par exemple une jalousie excessive, une forme quelconque de violence, une trop forte tendance à faire la gueule, ou encore à vouloir décider de l'emploi du temps de l'autre, bien sûr qu'il peut être intéressant de te remettre en question, ne serait-ce que pour ton bien-être personnel : comprendre les raisons de ces comportements anormaux en couple peut déjà t'aider substantiellement dans ton envie d'évoluer sur ces points.

Une fois que tu as bien en tête les raisons pour lesquelles vous n'êtes plus ensemble et que tu as conscience que ce n'est pas forcément *uniquement* ta faute, la logique t'arrive en pleine tête : si vous n'êtes plus ensemble, c'est qu'il y a une raison, et que maintenant, il faut passer à autre chose. Parce que, scoop qui va te faire plaisir : évidemment que tu vas trouver quelqu'un d'aussi « génial » que ton ex, tu vas même surtout trouver mieux, tu sais pourquoi ? Parce que cette personne-là, elle, ne souhaitera pas se séparer de toi. Cette personne-là, bien que différente, ne présentera pas les incompatibilités de ta relation précédente. Elle arrivera bien sûr avec ses défauts aussi, mais ils auront le mérite d'être différents. Alors OK, tu ne retrouveras pas la « même » relation, mais c'est une très bonne nou-

7. Quand je dis que tu vis cette relation « à perte », je sous-entends que, si tu fais croire que tu n'as pas tant besoin d'amour pour rester avec une personne, forcément en attendant, tu puises dans tes réserves personnelles. On peut vivre sur ses réserves d'amour un mois, six mois, même peut-être un an si tu as du courage, mais pas indéfiniment.

velle puisque au cas où tu ne l'avais pas constaté plus tôt, cette relation s'est terminée par une rupture pour une raison *valable*. Donc autant chercher quelque chose de bien différent.

Une rupture, c'est un deuil. Au début, on n'y croit pas, puis on est triste, puis en colère, puis on comprend, on accepte et on avance. La meilleure chose à faire c'est de s'occuper, de continuer à vivre, de rencontrer des gens, de ne surtout pas s'isoler. Et puis tu verras, au fur et à mesure, la douleur sera de moins en moins forte. Il y aura des jours faciles où tu y penseras moins, et d'autres où, tout à coup, cette rupture te semblera de nouveau insurmontable. Ces « jours sans » arrivent même parfois des années après la rupture, ils ne préviennent pas, mais il faut simplement les accepter en continuant de vivre, avancer, et s'occuper. Et puis un jour, tu te rends compte que ça fait des semaines que tu n'as pas été triste à cause de cette rupture, et là tu comprends que tu es en train de passer à autre chose et que ça va mieux.

Petits conseils subsidiaires en matière de rupture : ne *stalke* pas ton ex sur les réseaux sociaux, tu vas te faire plus de mal qu'autre chose. Tu n'as pas besoin de savoir qu'iel est sorti·e, ni avec qui, ni quand, ni où. Ça ne t'apportera rien d'autre que de la souffrance. Ne cherche pas non plus à rester en contact avec ton ex : une rupture, c'est fait pour s'éloigner, pour avancer et passer à autre chose, pas pour garder contact toute la journée et se rassurer sur le fait que c'est pas encore tout à fait fini. Si ton ex ne peut pas s'empêcher de t'écrire, n'hésite pas à le/la bloquer le temps d'aller mieux. Pendant une rupture, ce qui compte, c'est toi et ton équilibre. Tu n'as plus à « être là pour l'autre », puisque vous n'êtes plus ensemble.

Courage mon petit, c'est une mauvaise passe, ça va faire mal encore un moment, mais je te promets que c'est seulement temporaire.

55 / EST-CE QUE C'EST NORMAL DE TOUJOURS ESPÉRER SE REMETTRE AVEC SON EX APRÈS UNE RUPTURE ?

Souvent, on compare les étapes de la rupture aux étapes du deuil, et pour cause : pendant la rupture, on fait le deuil de sa relation, on prend de la distance avec l'autre, on enterre ses habitudes avec celui ou celle qui devient notre ex, et ça fait mal. Dans ces étapes, on trouve le déni, la culpabilité, la colère, le marchandage, la dépression, la reconstruction, puis enfin, l'acceptation. Forcément, tant que tu n'en es pas encore à la reconstruction, tout laisse à penser que tu puisses espérer te remettre avec l'autre, et particulièrement si cette rupture n'était pas ta décision. Donc forcément je ne peux pas raisonnablement te dire qu'il n'est pas « normal » d'espérer, surtout encore une fois si tu viens de te faire larguer. Malgré tout, je ne peux pas tout à fait te dire que c'est normal non plus. Je t'invite à lire la question précédente pour plus de détails, mais lorsqu'on se sépare de quelqu'un, soit il y a des raisons valables, auquel cas la rupture est en réalité plus une bonne nouvelle qu'autre chose – quoi que tu puisses ressentir pour l'instant –, soit il n'y a pas de raison valable, auquel cas c'est différent. Si vous vous êtes séparé·e·s pour une connerie, une engueulade débile ou une question d'ego, bien sûr qu'il faut se revoir, bien sûr qu'il faut en discuter, et bien sûr qu'il y a matière à réessayer. Mais dans ce cas, il faut y aller plutôt que d'espérer sans agir.

Il arrive bien sûr qu'on espère se remettre ensemble. Malgré tout, je te conseille vivement de te concentrer plutôt sur l'avenir que sur le manque de quelqu'un qui ne veut plus de toi et/ou qui de toute façon ne te correspondait pas. Il est normal de ressentir de la nostalgie, de se rappeler les bons moments et même d'être un peu hypocrite avec soi-même en oubliant les mauvais, mais ça n'est jamais complètement dans ton intérêt. Aussi, essaie au maximum de garder en tête que si raison valable à la rupture il y a, espérer se remettre ensemble n'est pas dans ton intérêt, et qu'il vaut mieux te concentrer sur la suite. S'il n'y avait pas de raison valable, alors cours, vole vers l'être aimé, discutez, et fais ton maximum pour arriver à tes fins. Mais espérer comme ça dans le vent que les choses arrivent sans rien faire du tout, c'est rarement très productif.

56 / PREMIÈRE FOIS EN COUPLE, COMMENT ON FAIT POUR ARRÊTER DE REGARDER LES AUTRES GARS ?

Lorsque tu te mets en couple, tu n'es pas forcément déjà amoureux·se. Vous vous plaisez, alors vous tentez, pour voir. Rien de plus classique. Malgré cela, sauf relation libre, si vous vous mettez dans une relation exclusive, en principe, l'idée est de construire quelque chose à deux, sans fréquenter quelqu'un d'autre. Si vous choisissez de vous mettre en couple exclusif, souvent il n'y a pas d'effort particulier à fournir pour ne pas regarder ailleurs, puisque étant normalement obnubilé·e par ta relation actuelle, tu ne cherches pas particulièrement qui pourrait te séduire autour de toi.

Si tu sens que pour toi, c'est difficile d'arrêter de loucher sur tout ce qui passe, trois options possibles :

- soit tu n'es pas fait·e pour les relations exclusives ;
- soit tu veux une relation exclusive mais la personne avec laquelle tu es ne t'attire pas suffisamment pour renoncer au marché du célibat et de la séduction ;
- soit tu es un·e séducteur·rice-né·e, et tu as besoin de quelqu'un qui t'accepte tel·le que tu es sur ce point.

Attention quand même, il est important de préciser qu'en couple ou non, il est tout à fait normal de trouver quelqu'un beau·elle, voire même attirant·e. Croiser quelqu'un que tu trouves séduisant·e n'est évidemment pas de ton ressort ; de même que si tu trouves un·e de tes camarades de classe ou de boulot particulièrement attirant·e, ça ne constitue pas un affront pour ton couple, et encore moins un comportement dérangeant. Trouver quelqu'un beau·elle, le/la trouver attirant·e, encore une fois, ça ne se choisit pas.

Maintenant si, parce que tu trouves cette personne attirante, tu cherches à passer du temps en sa compagnie et à gagner ses faveurs malgré le fait que tu sois dans une relation exclusive, ça peut commencer à poser problème. La seule chose qui compte dans ce type de situation, c'est de connaitre tes limites et celles de taon partenaire. Si vous êtes tou·te·s les deux *open* sur le fait que vous aimez plaire mais que vous ne franchirez jamais telle limite, aucun souci à tester ton pouvoir de séduction sur quelqu'un, puisque c'est établi et accepté entre vous. De l'autre côté, si tu sors avec quelqu'un qui aurait beaucoup de mal à supporter que tu puisses jouer au jeu de la séduction avec quelqu'un d'autre, forcément ça devient un comportement moins acceptable. Tout dépend de chacun·e et des règles et limites établies dans votre couple. Et là-dessus, chaque couple est différent, d'où l'importance d'en discuter ensemble.

Si, malgré ça, tu te rends compte qu'il est trop difficile pour toi d'arrêter de loucher sur les personnes séduisantes que tu croises et que ne pas aller tester ton pouvoir de séduction tient de l'exploit, tu as peut-être besoin d'être avec quelqu'un qui accepte cette partie-là de ta personnalité. En revanche, si d'habitude tu n'es pas comme ça, mais que là, depuis que tu es en couple avec cette personne en particulier, tu continues de te comporter comme si tu étais célibataire et à draguer tout ce qui bouge, peut-être que ton mec/ta meuf ne fait pas suffisamment vibrer ton cœur et que tu n'es pas avec la bonne personne… À voir.

57/ J'AI PEUR QUE MON MEC/MA MEUF ME TROMPE, QUE DOIS-JE FAIRE ?

Une relation de couple saine est basée sur quatre éléments essentiels à mes yeux :

- ◊ l'amour bien sûr ;
- ◊ le respect ;
- ◊ la communication ;
- ◊ la confiance.

Quatre raisons sont possibles pour lesquelles tu pourrais avoir peur que ton mec/ta meuf te trompe.

Si tu as déjà vécu la tromperie, avec quelqu'un d'autre ou avec cette personne, il s'agit d'un traumatisme plus ou moins important que tu veux à tout prix éviter, et on te comprend. Malgré tout, attention : si tu as vécu la tromperie par le passé avec quelqu'un d'autre, cela ne veut pas dire que taon partenaire actuel·le te le fera subir également[8]. Dans tous les cas, fais-toi confiance : tu es fort·e de cette expérience passée, et peut-être que tu sais désormais mieux déceler les *red flags* qui peuvent laisser penser que quelqu'un te trompe ou compte le faire. Il s'agit donc de rester vigilant·e tout en essayant de communiquer avec l'autre sur tes peurs, pour le/la laisser te rassurer. Si le problème persiste, peut-être que tu peux essayer d'en discuter avec un·e psy pour essayer de t'enlever cette angoisse de la tête.

Si tu as déjà vécu la tromperie avec taon partenaire actuel·le et que tu es toujours avec cette personne, alors il faut que tu sois en accord avec toi-même : si vous êtes toujours ensemble, c'est que tu as choisi de pardonner

---

8. Dans ce type de cas, je donne souvent cette métaphore : c'est pas parce que le dernier livre que tu as lu ne t'a pas plu que le prochain ne te plaira pas non plus !

et de passer à autre chose. Si tu sens que tu n'y arrives pas, tu as bien sûr le droit de changer d'avis et de partir, mais sois honnête avec toi-même. Soit tu es capable de pardonner, de passer à autre chose et de refaire confiance – ce qui n'est pas une mince affaire –, soit tu n'en es pas capable, auquel cas tu dois t'écouter, respecter tes limites, et partir. Mais ne reste pas dans cet entre-deux bâtard, parce que la personne qui souffre le plus là-dedans, au final, c'est toi.

Si tu as peur d'être trompé·e parce que tu manques de confiance en toi, c'est une tout autre histoire. Beaucoup de gens ont ce que l'on appelle le syndrome de l'imposteur : iels sont convaincu·e·s de ne pas être assez bien, de ne pas mériter tout ce bonheur, et il leur semble donc logique que ce terrible châtiment leur tombe dessus un jour. Si tu fais partie de ces gens-là, tu dois impérativement ouvrir les yeux sur le fait que si taon partenaire est avec toi, c'est pour toi, tes valeurs, ta façon d'être, de rire, de parler, de vivre. Iel n'est pas en couple avec toi pour te faire plaisir. Bien entendu, il arrive que certaines personnes soient trompées, mais ça ne veut pas dire que ça doit t'arriver à toi. D'ailleurs, n'hésite pas à en discuter avec taon partenaire pour qu'iel t'apaise sur ce point. Il n'est bien entendu pas du devoir de l'autre de soigner toutes tes blessures, malgré tout, la communication est essentielle dans un couple. Iel peut tout à fait prendre le temps d'en parler avec toi, de t'écouter, de te rassurer, c'est souvent d'une grande aide et c'est grandement conseillé par Mamie Nadia.

Si tu as peur d'être trompé·e parce que tu manques de confiance en l'autre, c'est encore différent. D'abord, tu dois identifier les raisons pour lesquelles tu n'as pas confiance en lui ou en elle : est-ce que c'est à cause de son comportement ? À cause de ses histoires passées ? As-tu entendu ou vu des choses qui prêtent à confusion ? As-tu constaté des *red flags* que tu refuses de voir en face ? Dans tous les cas, il me semble que l'honnêteté est de mise dans ce type de situation : si tu n'as pas confiance en l'autre, tu dois lui en parler franco, crever l'abcès et voir ce qu'iel te répond. En fonction de sa réponse, à toi de juger si tu te sens rassuré·e ou pas du tout, puis de prendre la décision de rester avec cette personne ou non. Dans tous les cas, la confiance peut bien entendu prendre du temps à se gagner dans un couple selon les histoires et les personnalités, mais les suspicions n'ont jamais leur place dans une relation saine. Donc soit vous réussissez à les balayer rapidement et tout va bien, soit vous n'y arrivez pas, auquel cas vous ne pouvez pas rester dans cette situation d'entre-deux. Attention, n'oublie pas ta petite voix intérieure. Ce précieux sixième sens peut aussi s'avérer un agitateur de *red flags* très important : parfois, quand on ne sent pas les gens ou les histoires, il vaut mieux ne pas y aller ou seulement y mettre fin rapidement. Quoi qu'il en soit, écoute-toi et respecte bien ta sensibilité et tes limites.

“QUAND LES PARENTS S'EN MÊLENT”

58 / EST-CE QU'IL FAUT DIRE À SES PARENTS QU'ON A FAIT/QU'ON VA FAIRE SA PREMIÈRE FOIS ?

Que les choses soient très claires : tes parents sont des adultes intelligent·e·s et responsables qui t'ont élevé·e avec amour, ne veulent en principe que ton bien et agissent en fonction de ce qu'iels pensent être le mieux pour toi. Malgré cela, il arrive malheureusement que certain·e·s parents aient une approche délicate, maladroite, voire compliquée, de ton entrée dans la sexualité. C'est souvent dû au fait qu'iels ne savent pas forcément comment réagir, qu'iels se prennent tout à coup un énorme coup de vieux dans la tronche, que ça signifie que tu deviens adulte et que tu n'es plus seulement leur petit bébé, qu'elleux-mêmes ont été culpabilisé·e·s dans leur propre entrée dans la vie sexuelle, et ça crée un sacré barda.

Pour celleux qui ont la chance d'avoir des parents équilibré·e·s sur le sujet de la sexualité de leurs enfants, forcément, les choses sont simples : leurs parents sont ouvert·e·s d'esprit, ne les culpabilisent pas sur leurs éventuelles relations, leur donnent des conseils si nécessaire, fournissent des préservatifs ou au moins les sous pour les acheter, proposent des rendez-vous médicaux pour éventuellement prendre une contraception, ou simplement faire un suivi gynécologique, les éduquent sur les précautions essentielles de la contraception et de la protection contre les IST et MST, iels sont présent·e·s si leurs enfants ont besoin d'en discuter mais ne sont pas intrusif·ve·s ni indiscret·ète·s… Bref, si là-dedans tu reconnais tes parents, déjà remercie le ciel, parce que je peux te dire que tout le monde n'a pas ta chance.

Pour répondre à la question initiale, honnêtement, j'ai envie de te dire que tu fais bien comme tu le sens. Si tu as envie de parler avec elleux de ta première fois, si le sujet arrive sur la table ou que tu l'amènes toi-même volontairement et que tu as envie de donner à tes parents cette information intime et qui ne regarde que toi, libre à toi. Si tu n'en as pas envie, libre à toi AUSSI ! La subtilité, quand on n'est pas encore forcément adulte mais qu'on commence sa vie sexuelle, c'est que, oui, on est sous la responsabilité de nos parents, mais, non, nos parents n'ont pas à savoir les détails de notre intimité ni à y intervenir. Par définition, ce qui constitue ton intimité ne regarde que toi et tu n'as pas à en partager les tenants et les aboutissants avec qui que ce soit si tu ne le souhaites pas. Même avec tes parents. Donc retiens bien ce point très important : même si tes parents sont parfait·e·s, tu n'es pas obligé·e de leur dire que tu commences ou comptes commencer ta vie sexuelle. C'est toi et toi seul·e qui décides ; si tu en as envie, tu le leur dis, et si tu n'en as pas envie, tu ne leur dis pas, ça s'arrête là.

Pour les autres, celleux qui ont des parents un peu plus compliqué·e·s qui auraient tendance à être culpabilisateur·rice·s, qui vont leur laisser penser qu'iels sont vraiment une pute, une salope, un petit salopard, une trainée, un·e pauvre petit·e con·ne ou autre nom d'oiseau, ou qui vont être « déçu·e·s » par leurs enfants d'avoir osé entrer dans leur vie sexuelle sans leur autorisation : si tu me connais, tu sais déjà mon avis sur la question. Ces pauvres parents ne se rendent sans doute pas compte du mal qu'iels font. Iels pensent bien faire – on ose espérer en tous cas – et reproduisent un schéma qu'iels ont peut-être elleux-mêmes subi, mais ça ne veut pas dire que tu dois prendre leurs considérations pour argent comptant. Si tes parents voient d'un mauvais œil ton entrée dans la vie sexuelle, s'iels sont culpabilisateur·rice·s, moralisateur·rice·s, s'iels refusent même que tu aies une activité sexuelle, sache que ce n'est pas normal, et surtout, sache que ça n'est pas sain. Tu as le droit de commencer ta vie sexuelle avec qui tu veux et quand tu veux, à condition que ce soit légal. Te juger ou te culpabiliser par rapport à ton activité sexuelle, c'est une façon malsaine de se mêler de ce qui ne les regarde pas. Notons bien une bonne fois

« Les parents sont responsables d'éduquer leurs enfants sur tous les sujets possibles, notamment la vie sexuelle, mais iels ne sont certainement pas responsables de décider quand, comment et avec qui leurs enfants la commencent. »

pour toutes que les parents sont responsables d'éduquer leurs enfants sur tous les sujets possibles, notamment la vie sexuelle, incluant les protections contre les MST, IST et grossesse non désirée, le consentement, le respect de l'autre, mais iels ne sont certainement pas responsables de décider quand, comment et avec qui leurs enfants la commencent.

Ainsi, si tes parents sont du côté obscur de la force au sujet de ta sexualité, honnêtement si j'étais toi… je m'abstiendrais bien gentiment de leur en parler. Bien entendu, tu fais absolument ce que tu veux, ce choix n'appartient encore une fois qu'à toi et à toi seul·e, mais n'oublie pas de te protéger – émotionnellement, je veux dire. La parole d'un parent est lourde de sens et si elle a le malheur d'être négative, elle peut être traumatisante pour l'enfant. Si pensant bien faire ou reproduisant juste bêtement le schéma qu'iels ont subi, tes parents te traitent de pute, de petit salopard, de merde, de salope, disent que tu les déçois, te virent de chez elleux, ou même te brutalisent en apprenant que tu as une activité sexuelle, tu risques d'être traumatisé·e à vie. Donc autant s'en protéger et garder pour soi les secrets de son intimité.

Tu l'auras compris, tes parents, tu les connais mieux que moi. Si tu sais que la nouvelle va bien passer, que tu as confiance en tes parents, et surtout si tu as envie de leur en parler, fais-toi bien plaisir ! Pour peu que tes parents soient équilibré·e·s sur ce sujet, iels seront peut-être même touché·e·s par ta confidence, voire rassuré·e·s de savoir que tout se passe bien pour toi. De l'autre côté, si tu n'en as pas envie ou que tu ne le sens pas pour quelque raison que ce soit, abstiens-toi. Souviens-toi : tu ne dois de détail sur ton intimité à absolument personne, sous aucun prétexte. Que ce soit tes parents, taon meilleur·e ami·e, ton nouveau mec ou ta nouvelle meuf, tu ne dois à personne aucun détail de ton intimité. C'est toi qui décides si tu fais ou non l'honneur à la personne de ce type de confidence.

Juste, sois malin·gne et protège-toi : jouer les grand·e·s et ne rien dire à personne, c'est très bien, mais il faut aussi en être digne en se montrant responsable. Un préservatif du début à la fin du rapport sexuel est suffisant pour te protéger des MST, IST et grossesse non désirée, à condition qu'il ne soit pas endommagé. Tu peux t'en procurer en grande surface, en pharmacie ou même gratuitement dans un Planning familial. C'est vraiment important, et on ne rigole pas avec ça, alors protégez-vous, les gars et les meufs.

59 / MES PARENTS NE VEULENT PAS QU'UN MEC/UNE MEUF DORME CHEZ MOI JUSQU'À MES 18 ANS, QUE FAIRE ?

Autant je ne reviendrai pas sur l'idée selon laquelle tes parents n'ont pas à s'immiscer dans ta vie intime et donc dans ta vie sexuelle si tu n'en as pas envie, autant il y a un argument sur lequel on ne pourra pas revenir : si tu vis sous le toit de tes parents, tu suis leurs règles. Que tu vives sous le toit de tes parents, de ta sœur, de ta tante, de taon meilleur·e ami·e ou de qui que ce soit d'ailleurs, leur toit, leurs règles – sous leur toit, en tous cas. Donc si tes parents décident qu'il n'y aura pas d'amoureux·se à dormir chez elleux jusqu'à tes 18 ans, on pourra bien en penser ce qu'on veut, ça n'y changera rien : tu n'as pas d'autre choix que de respecter leurs règles, puisque tu es sous leur toit.

De l'autre côté, tu peux aussi essayer de la jouer plus maligne et de faire évoluer le sujet. On n'est pas débiles, si tes parents ne veulent pas de ton mec ou de ta meuf à la maison pour dormir, c'est qu'iels ne veulent pas que tu aies de relation sexuelle sous leur toit. Mais si on essayait de se mettre un peu à leur place, à ces pauvres parents aussi ?

Premier point : essayons de comprendre pourquoi il est hors de question que ton mec/ta meuf vienne dormir à la maison. De la même façon que l'idée d'entendre tes parents s'envoyer en l'air doit te dégouter au plus haut point, quelque chose me dit qu'elleux non plus n'ont vraiment pas envie de vous entendre, toi et taon partenaire. Donc déjà, soyez malin·gne·s, et si par exemple ton mec/ta meuf est autorisé·e à venir passer l'après-midi sous le toit de tes parents, ne faites pas de bruits chelous. Ça fera meilleure impression que si on vous entend hurler de plaisir depuis le salon. Et puis de toute façon, question d'élégance, ça ne se fait pas de faire du bruit quand il y a du monde. Donc on apprend les règles de bienséance au passage, ça ne fait jamais de mal, et on reste discret·ète·s. Tenez-vous bien à carreau, comportez-vous élégamment, ça sera toujours ça de pris.

Deuxièmement, essaie de rassurer tes parents. OK, iels ne veulent pas vous entendre, mais peut-être qu'iels jugent que cette relation est trop légère ou simplement trop récente, que vous êtes trop jeunes et/ou que tu ne peux pas dormir avec « n'importe qui » sous leur toit. Si c'est le cas, n'hésite pas à en discuter posément avec tes parents en les interrogeant sur les raisons précises pour lesquelles tu ne peux pas inviter ton mec/ta meuf à dormir. Peut-être qu'en en discutant vous pourriez réussir à trouver un compromis du style « Quand ça fera un an qu'on sort ensemble, est-ce qu'on pourra en reparler ? ». Je ne te promets rien, mais ça vaut le coup d'essayer.

Maintenant, si tes parents ne veulent juste pas que tu dormes accompagné·e sous prétexte que tu n'as pas le droit d'entrer dans ta vie sexuelle, ou que c'est dégoutant ou autre préjugé de ce type, tu peux évidemment en discuter avec elleux et tenter de les raisonner, mais s'iels campent sur leur position, ce qui risque d'arriver, tu n'auras pas d'autre choix que de respecter leurs règles... quitte à les contourner. Après tout, c'est pas parce que tu n'as pas le droit de dormir avec ton mec/ta meuf sous le toit de tes parents que vous ne pouvez pas dormir ensemble sous un autre toit... À bon entendeur !

60 / MES PARENTS NE SONT PAS DU TOUT OUVERT·E·S SUR LA QUESTION, ET DU COUP ÇA ME STRESSE, COMMENT FAIRE ?

Comme on en a parlé un peu plus tôt, tes parents t'aiment et font ce qu'iels pensent être le mieux pour toi. Malgré tous leurs efforts, il ne faut pas oublier que tes parents sont avant tout des êtres humains, imparfaits par définition, et qu'iels ont leurs limites. Pour certain·e·s, ça sera la patience, d'autres s'inquièteront excessivement à ton sujet, il existe des parents qui surprotègent leurs enfants, ou à l'inverse les laissent un peu seul·e·s face à elleux-mêmes, et puis il y a les parents un peu « coincé·e·s ». Ça englobe les parents qui n'osent pas aborder le sujet de la sexualité, qui sont gêné·e·s à cette idée, mais également celleux qui ont une approche malsaine du sujet et qui vont, comme on en parlait dans les questions précédentes, avoir malheureusement tendance à culpabiliser leurs enfants par rapport à leur entrée dans leur vie sexuelle. Bien qu'on ne soit pas là pour remettre en cause la bonne foi de tes parents dans leur travail d'éducation, de protection et d'accompagnement, il est important que tu retiennes que, quelle que soit l'approche de tes parents par rapport à ton entrée dans la sexualité, tu n'as pas à te sentir sale ou coupable. Commencer à découvrir ce nouveau monde est tout à fait normal, y penser ou en avoir envie aussi, et tu n'as pas besoin de permission. En revanche, si tu n'as pas besoin de permission, tu as besoin d'éducation à ce sujet. Et ça, tu l'auras deviné, c'est le rôle de tes parents.

Mais comment on fait quand nos parents ne sont pas du tout ouvert·e·s sur la question ? Souvent, on essaie de se débrouiller, ça nous stresse, on cherche partout des réponses sur Internet, chez ses ami·e·s, parfois on a de la chance et on tombe sur des réponses à propos, parfois on en a moins, on ne récolte que des conneries et on y croit. La bonne nouvelle, c'est que si tu lis ce bouquin, en principe tu es entre de bonnes mains – sans me la péter !

Je comprends tout à fait que l'approche de tes parents sur la question puisse te stresser, notamment s'iels ne sont pas ouvert·e·s sur la question ou, pire, s'iels émettent des jugements culpabilisants ou négatifs. C'est entre autres sur ce point que ta crise d'ado prend tout son sens : je ne t'apprends rien, une crise d'ado consiste à remettre en question ses parents, leur autorité, mais surtout leur façon de voir et de vivre les choses pour se faire sa propre opinion sur la vie, sur ses valeurs, etc. Dans le domaine de la sexualité, c'est exactement la même chose. Si malheureusement tes parents ne sont pas ouvert·e·s sur la question ou, pire, s'iels en ont une approche malsaine, il est impératif que tu ouvres les yeux sur le fait que leur vision des choses n'est pas normale, que tu n'as pas à subir leur jugement, et donc que tu t'en détaches le plus vite possible. Je te vois venir à cent kilomètres, c'est plus facile à dire qu'à faire, on est d'accord. Malgré tout, tu dois garder ça en tête : ton entrée dans la sexualité, dans le monde de l'amour, c'est aussi ton entrée dans l'intimité, dans ta vie d'adulte, dans une sphère dans laquelle tu ne dois aucun compte à personne, pas même à tes parents. S'iels ne souhaitent pas t'éduquer à ce sujet, c'est bien malheureux parce que tout le monde y perd : toi en connaissances précieuses et elleux perdent une belle occasion de se rassurer en se disant qu'au moins tu sais tout ce que tu as à savoir. Malheureusement, on ne peut pas non plus forcer ses parents à faire quelque chose qu'iels n'osent ou ne veulent pas faire. D'où l'intérêt d'adopter une attitude intelligente face à la fermeture d'esprit de tes parents, si fermeture d'esprit il y a. S'iels ne veulent pas t'en parler, libre à elleux. Tu vas devoir te faire ton éducation sexuelle tout·e seul·e, et j'espère sincèrement que tu trouveras un maximum de réponses à tes questions ici. Je t'invite bien sûr à te comporter de façon raisonnable malgré tout ; c'est pas parce que tes parents refusent de t'éduquer à ce sujet qu'il faut t'envoyer en l'air sans capote et sans contraception, ne pas respecter ton propre consentement ou celui de l'autre, coucher avec des personnes qui n'ont pas la majorité sexuelle alors que tu es majeur·e, etc. Bref, ça ne sert à rien de faire n'importe quoi.

Dans le cas où la fermeture d'esprit de tes parents à ce sujet te culpabiliserait, te ferait te sentir mal ou autre, prends tes précautions : protège-toi émotionnellement ! Tu ne fais rien de mal, ni de bizarre, ni de dégueulasse. Tu n'es pas un·e salop·e, une pute, un·e sale petit·e con·ne ou une petite chaudière parce que tu as osé commencer ta vie sexuelle sans leur autorisation. Tu n'as besoin de l'autorisation de personne pour ça. Tu es seulement un être humain secoué par ses hormones et intrigué par ce qu'est la vie sexuelle, le corps de l'autre, le plaisir charnel, rien de plus normal – n'oublions quand même pas comment tu es arrivé·e sur cette Terre, non mais oh ! Prends de la distance par rapport au jugement de tes parents, parce que tu n'as pas besoin de leur validation à ce sujet. Si tu n'y arrives pas ou que tes parents sont trop oppressant·e·s à ce sujet, peut-être qu'il peut être utile pour toi d'en parler, que ce soit avec un·e pro, style un·e médecin, un·e psy, ou même « juste » avec tes ami·e·s.

61/ OÙ FAIRE SA PREMIÈRE FOIS SI ON NE PEUT PAS LA FAIRE CHEZ SOI ?

La grande question. C'est un peu pour ça que je suis ennuyée par les parents qui ne veulent pas d'amoureux·se sous leur toit. On se doute bien que ça puisse être gênant pour elleux, mais malheureusement c'est souvent une mise en péril pour les enfants. Parce qu'en vrai, nous on sait très bien que c'est pas parce qu'on ne pourra pas profiter du confort du domicile familial pour avoir des relations sexuelles qu'on n'en aura pas tout court. Mais alors du coup, on les a où, nos rapports sexuels, si on ne peut pas les avoir chez soi ?

Premier point, si tu ne peux pas inviter ton mec/ta meuf à la maison pour dormir, peut-être qu'avec un peu de pot, vous avez quand même l'occasion de passer des après-midis ensemble dans la sécurité d'un domicile familial, que ce soit le tien ou celui de taon partenaire. Peut-être même que, de temps en temps, les parents sont absent·e·s en même temps, ce qui fait que vous avez un peu de temps devant vous – n'oubliez pas d'être discret·ète·s encore une fois, c'est plus élégant quand on n'est pas chez soi, et puis en cas d'intrusion, au moins, vous êtes moins cramé·e·s. Si cette occasion ne se présente jamais ni chez l'un·e ni chez l'autre, ça complique effectivement les choses. Si tu es mineur·e, tu n'as pas le droit de prendre une chambre d'hôtel. Tu ne vas évidemment pas faire ça dans des toilettes publiques – par pitié, ne faites pas ça, mes chouchous, c'est pas *safe*, on peut vous voir, vous filmer, porter atteinte à votre intégrité physique, et ça ne crée pas de beaux souvenirs. Du coup, il te reste à la limite les soirées, si vous avez la chance de trouver une chambre pour vous seul·e·s, ou après tout, pourquoi pas, la voiture dans un endroit romantique sans passage autour, le camping à la belle étoile… Je ne vais pas lister toutes les possibilités parce que je fais confiance à votre créativité. J'aimerais seulement mettre en valeur un point important : vous avez très envie de passer à la vitesse supérieure, ça se comprend tout à fait, mais choisissez un lieu propre et *safe*, c'est vraiment important. Des toilettes, qu'elles soient publiques ou au lycée, c'est un endroit sale. Au-delà du fait que ça ne soit vraiment pas romantique, ça n'est pas non plus un endroit sûr. On peut vous voir, vous entendre, vous surprendre, certaines toilettes permettent même de laisser passer des téléphones intrusifs qui pourraient filmer ou, pire, laisser entrer d'autres gens. Bref, respectez-vous, choisissez un endroit propre et sûr, sans risque d'intrusion. C'est vraiment important.

62 / COMMENT DIRE À MES PARENTS QUE JE SUIS EN COUPLE ?

Si tu as un rapport facile avec tes parents, qu'iels sont ouvert·e·s d'esprit et que vous parlez sans tabou d'amour et de sexualité, je me doute que tu n'auras aucun problème à leur annoncer que tu as quelqu'un dans ta vie. En revanche, si ton rapport à tes parents est plus compliqué, par exemple parce que tu es très secret·ète ou parce qu'iels sont un peu coincé·e·s ou les deux, annoncer ce type de nouvelle est une étape plus délicate.

Déjà, premier point, identifie la raison pour laquelle tu veux annoncer la nouvelle à tes parents : est-ce que c'est parce que tu veux faire un pas vers elleux et leur parler un peu de ta vie privée ? Est-ce que tu as besoin d'elleux pour faire le taxi jusqu'à chez ton mec ou chez ta meuf ? Est-ce que c'est un premier pas vers la grande question « Est-ce qu'iel peut dormir à la maison ? » ou « Est-ce que je peux aller dormir chez lui ou chez elle ? » ? Quelle que soit la raison, en soi ça ne change pas grand-chose à la suite, mais identifie-la quand même, ça te donnera du courage au moment de lâcher le morceau.

Ensuite, essaie d'identifier la meilleure stratégie pour aborder le sujet. D'une manière générale, j'ai tendance à penser que faire du non-évènement est souvent une très bonne option. Typiquement, au lieu de lâcher à table un gros « Alors voilà, papa, maman[1], j'ai quelque chose de très important à vous annoncer : je suis en couple ! », il s'agit de lâcher l'information de la façon la plus naturelle possible pendant une conversation. Par exemple, quand tes parents te demandent comment s'est passée ta journée, tu peux glisser de façon tout à fait anodine que ton mec/ta meuf vous a rejoint·e·s avec tes potes juste après la pause midi. Ça semble pas forcément évident dit comme

1. Ou « papa, papa », ou « maman, maman », ou « papa », ou « maman ».

ça, mais déjà, l'information passe, ce qui est très important, et souvent, les parents sont trop content·e·s d'avoir une information sur ta vie privée. Il n'est pas rare qu'iels n'osent même pas relever en se disant quelque chose du style « Oh là là, mon bébé m'a raconté quelque chose de personnel, je suis si heureux·se, ne gâchons pas ce moment ! ». Après, tu peux évidemment faire une grande annonce si ça te ressemble plus, mais voilà, ça reste un conseil utile pour quand on a une information à donner et qu'on ne sait pas comment faire : le non-évènement.

Bien entendu, si tes parents font partie de celleux qui refusent catégoriquement que tu aies quelqu'un dans ta vie pour quelque raison que ce soit, il sera peut-être utile dans ce cas aussi de garder cette information pour toi afin de te protéger. Tout comme pour ta vie sexuelle, tes parents n'ont pas à s'immiscer dans ta vie amoureuse – à condition que votre relation soit légale.

Petit point important aussi, parce que, depuis tout à l'heure, j'écris et j'insiste sur le fait que ta vie sexuelle et amoureuse ne regarde pas tes parents : effectivement, c'est le cas. Malgré tout, si un jour tes parents émettent un fort avis négatif sur quelqu'un, ce n'est jamais anodin. N'oublions pas que, tout humain·e·s soient-iels, tes parents veulent ton bien. S'iels ont des réserves sur quelqu'un, tu n'es bien sûr pas obligé·e de le prendre pour argent comptant, mais garde toujours une oreille ouverte sur ce que disent tes parents. Iels t'aiment, iels veulent ton bien, et s'iels estiment que quelqu'un ne te correspond pas, il sera toujours intéressant de se pencher, même brièvement, sur la question.

63 / COMMENT PRÉSENTER QUELQU'UN À MES PARENTS POUR LA PREMIÈRE FOIS ?

Le moment où tu présentes quelqu'un à tes parents, on va pas se mentir, c'est souvent le bal des faux-culs. Toi, tu veux tellement que tout se passe bien que tu souris à chaque blague nulle, ton mec/ta meuf s'est mis·e sur son 31 et cherche à passer pour la personne idéale, pendant que tes parents sourient elleux aussi excessivement, ont cleané toute la maison et donnent l'impression de s'intéresser à ton mec ou à ta meuf alors que la seule question qu'iels ont en tête, c'est « Est-ce que cette personne va briser le cœur de mon bébé ? ».

La bonne nouvelle déjà, c'est que souvent, on a tou·te·s la même idée en tête : faire en sorte que ça se passe bien.

Mais peut-être n'en es-tu pas encore là ! Avant de présenter quelqu'un à tes parents, il faut déjà l'annoncer, *cf.* la question précédente. Une fois que c'est fait et que la nouvelle est bien passée, idéalement, je te conseille d'attendre quelques semaines, voire quelques mois pendant lesquels tu pourras mentionner régulièrement ton mec/ta meuf, et si tes parents ne l'ont pas déjà suggéré entretemps, proposer un jour quelque chose du style « Ça me ferait plaisir de vous le/la présenter si vous êtes d'accord ! ». Je sais, c'est pas forcément évident. Mais encore une fois, sauf cas spéciaux, généralement les parents sont heureux·ses que tu leur fasses suffisamment confiance pour partager avec elleux ce genre de chose et il arrive plus souvent qu'on ne le croit que leur réaction soit très positive.

Une fois que ce moment délicat est passé, choisissez ensemble les modalités de la rencontre : est-ce qu'on prévoit un repas, à la maison ou au restau, ou est-ce qu'on organise plutôt une activité qui évitera le gros tête-à-tête potentiellement gênant du repas ? Ça, c'est vous qui voyez. Personnellement, j'ai tendance à penser qu'il sera toujours moins gênant de commencer par une activité tou·te·s ensemble, même une promenade, quitte à passer au repas ensuite, plutôt que de commencer immédiatement par le repas qui peut rapidement tourner à l'interrogatoire pesant.

Une fois que toutes ces modalités sont fixées, que vous

avez choisi ensemble une date et une heure de rencontre, à vous de jouer. De ton côté, n'hésite pas à briefer un minimum ton mec/ta meuf sur qui sont tes parents, et surtout sur ce qu'iels n'aiment pas. Par exemple, si tes parents sont vieille France, très attaché·e·s aux convenances, et que ton mec/ta meuf a un style un peu original et un vocabulaire bien à lui ou à elle, sans parler de le/la brimer dans sa liberté d'expression, il peut être intéressant qu'iel fasse un petit effort pour ne pas être trop excentrique ce jour-là, que ce soit au niveau de ses vêtements ou de son langage. L'idée, c'est simplement d'aligner les planètes pour que tout se passe bien, que personne ne soit trop brusqué·e dans ses idées, sans non plus essayer de jouer un rôle. Subtil équilibre, je te l'accorde.

Un vrai conseil aussi que beaucoup ignorent et c'est dommage : faire des efforts pour plaire à ses beaux-parents, c'est super ; malgré tout, ils ont envie de savoir qui est la personne qui partage la vie de leur enfant. Essaie de ne pas te laisser submerger par la timidité et l'envie de leur plaire, et n'hésite pas à prendre la parole, à poser des questions et à être spontané·e ! Tu feras forcément meilleure impression en étant un peu détendu·e – j'ai dit « un peu », il ne s'agit pas de roter à table, si ça n'est pas dans les convenances de tes beaux-parents – plutôt qu'en gardant un balai dans le cul !

Si vous suivez tous ces conseils, en principe les choses devraient bien se passer. Après, bien entendu, les relations humaines sont ce qu'elles sont ; on n'est jamais à l'abri d'une surprise, qu'elle soit bonne ou mauvaise. On croise les doigts pour que tout se passe bien !

“QUAND T'ES UN PEU PLUS À L'AISE”

64 / EST-CE QUE C'EST NORMAL D'AVOIR SOUVENT ENVIE DE SE MASTURBER ?

Petit point vocabulaire, au cas où : se masturber, se toucher, c'est l'action de provoquer le plaisir sexuel par des contacts manuels, bref, de se procurer du plaisir sexuel à soi-même. Il est bien sûr possible de masturber saon partenaire aussi – comme je l'ai souvent écrit dans ce livre, il n'y a évidemment pas que la pénétration dans le sexe.

La masturbation est une pratique courante et tout à fait normale, qui comporte entre autres de nombreux bienfaits comme le fait de réduire le stress, favoriser le sommeil, mieux connaitre son corps. La masturbation permet au cerveau de libérer des endorphines – comme tout rapport sexuel, d'ailleurs – qu'on appelle aussi « hormones du bien-être », tu auras donc compris pourquoi.

Du coup, à la question « Est-ce normal d'avoir souvent envie de se masturber ? », j'ai envie de répondre : en même temps, pourquoi s'en priver ? *A priori*, c'est quand même très agréable, c'est bénéfique pour le corps, ça ne dérange personne, c'est quand même tout bénef. Bien entendu, comme pour tout dans la vie, il faut bien sûr respecter un certain équilibre. Que tu aies envie de te toucher régulièrement, d'accord, que tu assouvisses tes envies, très bien, mais si tu te retrouves face à des besoins irrépressibles de te masturber plusieurs fois dans la journée, forcément, c'est moins cool.

Comme pour toute bonne chose, il faut s'autoriser à en profiter en faisant en sorte de ne pas tomber dans l'addiction. Parce que, oui, l'addiction au sexe existe ! Ça ne concerne bien sûr pas la majorité des individus, mais les addictions au sexe, à la masturbation, au porno existent bel et bien, et comme pour toute addiction, il n'est jamais bon d'y rester soumis·e.

Pour résumer, il est tout à fait normal de ressentir l'envie de se masturber, et tout à fait naturel d'y succomber.

65 / PREMIER PLAN CUL : COMMENT SE SENTIR À L'AISE QUAND ON NE CONNAIT PAS LA PERSONNE ?

À part pour quelques rares chanceux·ses qui ont une particulière confiance en elleux, d'une manière générale, se retrouver face à un·e nouveau·elle partenaire sexuel·le, que ce soit pour un plan cul ou dans l'espoir de construire quelque chose, c'est un moment délicat. Même si tu as déjà un peu d'expérience en la matière, l'appréhension de la nudité devant Alphonse ne sera pas la même devant Alfred, Gertrude ou Germaine, qu'on parle de ton corps ou de celui de l'autre. D'ailleurs, tu auras l'occasion de constater que, si Alphonse adorait les bisous sur le bas-ventre, ça va plutôt chatouiller Alfred. Si Gertrude aimait particulièrement qu'on s'attarde sur sa poitrine, ça ne fera peut-être aucun effet à Germaine. En d'autres termes, on est tou·te·s différent·e·s, et chaque nouveau·elle partenaire est une nouvelle première fois. Et comme dans toute bonne première fois, si tu veux te sentir à l'aise, il y a quelques éléments à ne pas négliger.

Déjà, même si tu ne connais pas vraiment la personne, assure-toi d'avoir réellement envie de partager ce moment avec lui ou avec elle. Souviens-toi que plan cul ou non, qu'on ait fait trois minutes ou cinq heures de trajet pour coucher ensemble, tu n'es jamais obligé·e d'avoir un rapport – sexuel ou amoureux –, et tu as le droit de changer d'avis à tout moment. Assure-toi également de te sentir bien avec cette personne. Si ce n'est pas le cas, tu as aussi le droit de passer ton tour pour cette fois. Ensuite, il est essentiel que tu te sentes libre de prendre tout le temps que tu souhaites, et encore une fois, de t'arrêter à n'importe quel moment. OK on est là pour un plan cul, OK on n'est pas obligé·e·s de faire un Scrabble avant de s'envoyer en l'air, mais on n'est pas non plus obligé·e·s de se sauter dessus comme des sauvages si ça ne te convient pas.

À mon sens, la clé pour se sentir à l'aise, c'est de bien garder deux règles essentielles en tête :

- ◊ respecter le consentement de chacun·e ;
- ◊ se sentir en confiance.

Une fois que les deux sont réunies, essaie aussi de te foutre la paix à toi-même au passage. En effet, même si tu te sens à l'aise en compagnie de ton plan cul, même si tu as très envie de lui ou d'elle, si tu te prends la tête à te demander s'iel va juger ton apparence physique, tes poils, ton odeur ou encore tes gestes, tu n'es pas sorti·e de l'auberge. Tu l'auras compris, se sentir à l'aise dépend de l'autre, bien entendu, mais ça dépend aussi de toi, alors au travail !

Attention, petit point pour les romantiques : un plan cul, c'est par définition une relation dans laquelle on n'espère que des relations sexuelles. La fidélité, les petits mots et messages d'amour ne font généralement pas partie du programme. Donc si tu sens que tu ne t'y retrouves pas dans ce type de relation ou alors que tu as peur que l'autre ne soit là que pour le sexe, c'est potentiellement que tu n'es pas fait·e pour ce type de relation, ou que ce n'est pas ce dont tu as besoin en ce moment. Ça peut évoluer bien sûr, mais c'est vraiment important d'être honnête avec soi-même sur ce que l'on veut et ce que l'on ne veut pas. Si tu veux de l'amour, du romantisme, de l'exclusivité et des messages d'amour, le plan cul n'est pas une option pour toi, et ce, même si tu espères de tout ton cœur que l'autre changera un jour d'avis.

66 / EST-CE QUE LA PREMIÈRE SODOMIE FAIT MAL ?

Après la potentielle douleur de la première pénétration vaginale – j'en parle dans la question « Quelle position est celle qui fait le moins mal ? » si jamais ça t'intéresse –, parlons de la sodomie. Petit point définition au cas où tu manquerais de vocabulaire en la matière : la sodomie, c'est la pénétration anale. À la question « Est-ce que ça fait mal ? », la réponse sera un peu la même que pour beaucoup d'autres : ça dépend de chacun·e et de beaucoup d'éléments. Par exemple, si taon partenaire prend le temps de bien s'occuper de toi, de te détendre, de bien lubrifier la zone et de la pénétrer avec un sextoy pas trop gros ou un pénis de taille moyenne, en principe il n'y a aucune raison que ça te fasse mal. D'ailleurs, même si taon partenaire a un pénis particulièrement gros, si vous y allez doucement, ça n'a pas de raison de faire mal. Ça promet d'être une sensation nouvelle, mais rappelons-le, c'est censé être agréable. Donc surtout, si ça te fait mal, tu le dis, vous arrêtez, et si vous en avez envie, vous pouvez réessayer un peu plus tard, peut-être plus doucement, en ajoutant du lubrifiant, et pourquoi pas avec un objet moins volumineux pour commencer.

L'éventuelle douleur pendant la sodomie dépend aussi de la sensibilité de chacun·e : avec la même préparation et les mêmes circonstances, certaines personnes peuvent malgré tout avoir mal quand d'autres kifferont. Ça dépend de ton anatomie, de ton seuil de résistance à la douleur, de ton stress, mais encore une fois, ce n'est vraiment pas censé être douloureux donc si ça fait mal, tu arrêtes. Qu'il s'agisse de la première ou de la centième, une sodomie n'est pas censée être douloureuse. Ce n'est pas comme la première pénétration vaginale qui induit une distension de l'hymen qui peut potentiellement faire mal. Dans la sodomie, il n'est pas question d'hymen ou de membrane à distendre, juste d'une zone à bien détendre, lubrifier, et d'y aller délicatement.

Après, si, malgré tous vos efforts, ce n'est pas agréable, c'est peut-être simplement que ce n'est pas ton truc, et c'est pas grave, c'est déjà cool d'avoir essayé si vous en aviez envie. Quoi qu'il arrive, si tu es inquiet·ète sur le sujet, que tu penses avoir une sensibilité trop forte ou que tu as trop mal, n'hésite pas à consulter un·e médecin.

Nota bene : bien que la sodomie ne présente pas de risque de grossesse – l'anus n'est pas relié aux ovaires –, il faut absolument mettre un préservatif si vous n'avez pas fait de prise de sang attestant que vous n'êtes pas porteur·se·s de MST ou IST. L'anus est une zone particulièrement vascularisée qui peut tout à fait transmettre ou recevoir une maladie ou infection sexuellement transmissible. Donc on se protège, les gars et les meufs.

67 / EST-CE QU'ON EST OBLIGÉ·E DE FAIRE UNE FELLATION/UN CUNNI ?

Petit point définition au cas où tu ne connais pas ces termes : une fellation, c'est la pratique du sexe oral sur un corps d'homme – en d'autres termes, sucer une bite. Un cunni, qui est l'abréviation du mot cunnilingus, c'est la pratique du sexe oral sur un corps de femme – en d'autres termes, lécher une teuch. Ce n'est pas sale, ce n'est pas dégoutant, et ce n'est pas dégradant non plus. La seule chose qui compte, c'est que les deux partenaires en aient envie et kiffent le moment – parce que, oui, tu peux aussi prendre beaucoup de plaisir à faire plaisir à l'autre. Sinon, ça ne sert à rien. Exactement comme pour tous les autres actes sexuels, soit dit en passant.

Lors d'un rapport sexuel – je me répète au cas où –, tu n'es obligé·e à absolument rien. L'idée, c'est de faire uniquement ce qui te fait envie à condition que l'autre en ait envie aussi. Si tu as trop peur, si tu n'as simplement pas envie ou pas tout de suite, tu n'es jamais obligé·e de pratiquer le sexe oral ni aucune autre forme d'acte sexuel. Si tu commences une fellation ou un cunni et que tu n'as pas envie de le continuer jusqu'à l'orgasme de taon partenaire, tu as évidemment le droit de t'arrêter quand tu veux. D'ailleurs, il est très fréquent de commencer une fellation ou un cunni et d'arrêter sans forcément atteindre ce point. Si d'aventure taon partenaire te demande de continuer quand même, soit tu en as envie aussi et *go*, soit tu n'en as plus envie, auquel cas il te suffit de le dire, et bien sûr de ne rien faire que tu n'as pas ou plus envie de faire. Si l'insistance de taon partenaire outrepasse ce point, cela n'est absolument pas normal. Malheureusement, il arrive souvent que des petit·e·s malin·gne·s insistent face au refus de leur partenaire. Que ce soit pour commencer une fellation ou un cunni, ou pour le continuer jusqu'à l'orgasme, sache que rien ni personne n'a le droit de te forcer ni d'insister. Insister alors que tu as exprimé ton refus, c'est un non-respect de ton consentement. Et ça, c'est grave. Sache d'ailleurs que si taon partenaire t'explique que « Mais si tu me suces pas, je peux pas bander », ou que « Si tu me lèches pas, j'arrive pas à me mettre dans le *mood* », ou une autre connerie du genre dans le but d'insister encore sur ton refus ou sur le fait que tu n'en as pas envie, c'est tant pis pour elleux ! C'est pas ton problème !

D'ailleurs, soulignons que c'est un énorme *red flag* qui t'indique que tu n'es pas avec quelqu'un de bien, que cette personne ne respecte pas ton consentement et qu'il vaudrait mieux ne plus jamais le/la revoir. Tu n'as en aucun cas à te forcer. Tu n'as en aucun cas à être forcé·e non plus. Jamais. Le sexe oral, comme la sodomie, comme la pénétration, comme n'importe quel préliminaire ou acte sexuel, ce n'est jamais obligatoire et toujours soumis au consentement des deux partenaires. Ne pas respecter le consentement de saon partenaire, c'est commettre une agression sexuelle.

Tu l'auras compris, la réponse à cette question est claire comme de l'eau de roche : tu n'es pas obligé·e de pratiquer le sexe oral pendant un rapport. Si tu en as envie, *go* ; si tu n'en as pas envie, il n'y a aucune excuse qui tienne. Faire pression sur ce point – malheureusement, ça arrive encore trop souvent –, c'est un non-respect de ton consentement, et c'est donc ce qu'on appelle une agression sexuelle.

68 / EST-CE QU'IL FAUT AVALER LE SPERME OU PAS ?

Si tu fais une fellation à taon partenaire et que tu l'emmènes ainsi jusqu'à l'éjaculation, à part si tu retires ta bouche de son pénis pile au bon moment, tu vas avoir du sperme dans la bouche. J'en profite pour préciser que tu n'es évidemment pas obligé·e de recevoir le sperme de taon partenaire dans la bouche si tu n'en as pas envie. Si c'est quelque chose qui ne te fait pas envie, discutez-en ensemble et demande-lui clairement de te prévenir afin que tu enlèves son sexe de ta bouche au moment de l'éjaculation. Si taon partenaire ne respecte pas ce paramètre, c'est une agression sexuelle – ça sonne vénère écrit comme ça, mais c'est la vérité : non-respect du consentement égale agression sexuelle.

Cela étant précisé, si tu es OK avec l'idée de recevoir le sperme de taon partenaire dans la bouche, se pose bien sûr la question « Faut-il avaler ? ». On ne remerciera jamais assez les sites porno, les actrices porno qui avalent goulument le sperme de leur partenaire avec un air de plaisir intense ont fini de convaincre nombre de ces messieurs qu'il s'agit d'une action très excitante. Aussi, il n'est pas rare qu'un homme apprécie que saon partenaire avale son sperme après une fellation. Malgré ça, c'est pas parce que ça ferait plaisir à taon partenaire que tu avales son sperme que tu dois le faire !

Encore une fois, discutez-en. C'est très chouette que vous discutiez ensemble de ce qui vous plait, vous fait fantasmer et vous excite, mais ce n'est pas pour autant qu'il *faut* le faire. Si taon partenaire aime l'idée que tu avales son sperme et que tu en as envie, ne vous privez pas, évidemment. En revanche, si l'idée d'avaler te dégoute ou ne te fait simplement pas envie, tu n'as pas à te forcer, même si ça ferait plaisir à taon partenaire. Toujours pareil : en matière de sexualité, la seule chose qui compte, c'est de kiffer ensemble. Si tu te forces à faire un truc, on n'est plus sur du kif. Donc surtout, tu ne te forces pas. Et même chose que pour la fellation ou le cunni, si tu ne veux pas avaler et que taon partenaire insiste pour que tu avales, c'est un non-respect de ton consentement, et donc ça s'appelle une agression sexuelle. *Red flag.* Tes jambes à ton cou. Tu connais le schéma.

69 / QUE FAIRE DU SPERME SI ON NE L'AVALE PAS ?

Très bonne question ! Si d'aventure tu te retrouves de façon non-consentie avec du sperme dans la bouche, je suggère que tu le craches à la tronche de taon partenaire juste avant d'aller porter plainte pour agression sexuelle.

Si par bonheur cet acte est consenti mais que tu n'as pas envie d'avaler, comme je le disais dans la question précédente, tu n'es évidemment pas obligé·e de le faire. À ce moment, tu peux cracher dans un mouchoir, une tasse, un vieux pot de yaourt, un lavabo, te rincer la bouche ou non, te brosser les dents ou pas. Là, pour le coup, tu fais vraiment en fonction de ce que tu as sous la main, de ce qui te correspond le mieux, et de ce dont tu as envie.

70 / UN MEC/UNE MEUF ME DEMANDE DES *NUDES*, EST-CE QUE C'EST UNE BONNE IDÉE DE LUI EN ENVOYER ?

Les *nudes*, c'est LA question qui dépasse complètement toutes les personnes nées avant les années 1980 et qui concerne pourtant tellement de jeunes. Je suis contente d'en parler ici parce qu'il y a vraiment beaucoup de choses à dire là-dessus. Si d'aventure tu ne sais pas ce qu'est un *nude*, il s'agit d'une photo ou vidéo, totalement ou partiellement dénudée, qui a vocation à être envoyée à quelqu'un que tu dragues dans le but de l'exciter sexuellement. Et soyons bien clairs : envoyer un *nude* à quelqu'un ne fait pas de toi une pute, un·e petit·e salop·e ou quelqu'un qui ne se respecte pas. En recevoir ne fait pas non plus de toi un·e gros·se dégueulasse obsédé·e du cul. Si tu as envie d'envoyer un *nude* et que la personne qui le reçoit y consent aussi, aucun souci. En revanche, attention : forcer quelqu'un de quelque façon que ce soit – chantage, pression, culpabilité, insistance – à envoyer des *nudes* ou lui en envoyer sans son consentement, c'est une agression sexuelle. Toujours pareil, c'est facile à retenir : non-respect du consentement égale agression sexuelle. Eh oui, dans les *nudes* aussi, comme dans beaucoup de choses dans la vie de toute façon, il faut un consentement mutuel.

Ces bases essentielles étant posées, que faut-il faire si quelqu'un te demande un *nude* ? D'une manière générale, j'ai tendance à penser que quelqu'un qui demande un *nude*, c'est déjà quelqu'un qui force. Parce qu'en réalité, si tu avais réellement envie de l'envoyer, ce *nude*, tu l'aurais proposé spontanément et tu n'aurais pas attendu que la personne en face te le demande. Et pour ma part, je n'aime pas beaucoup les forceurs. Maintenant, tu l'auras compris, vu le nombre de fois où je l'ai répété dans ce livre, la seule chose qui compte, c'est de faire ce dont toi tu as envie à condition que tu sois sûr·ure du consentement de l'autre. Donc si tu as envie d'envoyer un *nude* et que la personne en face t'en demande un – ce qui est clairement une manifestation de son consentement –, il n'y a que très peu de raisons de s'en priver ! Si tu n'en as pas envie, évidemment tu t'écoutes, et tu n'envoies rien.

Quand je dis qu'il n'y a que « très peu » de raisons de se priver d'envoyer un *nude*, je pense qu'il est quand même absolument essentiel de les passer en revue parce qu'on ne rigole pas avec ces choses-là. Envoyer une photo de toi totalement ou partiellement nu·e, comme on le disait, si c'est fait avec ton consentement et celui du destinataire, ça ne pose pas de souci. Malgré ça, tu sais comme moi que les gens qui reçoivent des *nudes* ne sont malheureusement pas toujours de bonne foi, et il arrive que certain·e·s fassent des *screens* – c'est-à-dire une capture d'écran qui permet de sauvegarder la photo souvent censée être éphémère –, soit pour leur plaisir personnel, soit pour te faire chanter. Parfois, certain·e·s destinataires de *nudes* ne prennent d'ailleurs même pas la peine de faire du chantage avant de divulguer le contenu qui leur a été envoyé. Divulguer des *nudes* est évidemment un acte illégal puni par la loi. Malgré tout, que ton agresseur·se finisse en prison avec une amende ou pas, s'iel a divulgué ces photos et/ou vidéos, le mal est fait. Pour éviter ce type de situation, voici quelques conseils essentiels.

Premièrement, si tu décides de faire un *nude*, assure-toi qu'il ne contient aucun signe distinctif avant de l'envoyer. Pour ce faire, porte une attention toute particulière aux tatouages, grains de beauté reconnaissables, taches de naissance, cheveux, cicatrices, bijoux, vêtements, draps ou même décor derrière (chambre ou salle de bains...), bref, tout élément visible sur la photo qui pourrait remonter jusqu'à toi et laisser penser que c'est toi sur la photo. L'idée est de rendre la photo ou la vidéo tout à fait anonyme. Donc évidemment, tu ne montres pas ton visage.

Deuxièmement, fais bien attention à qui tu envoies ce type de contenus. Ça parait assez évident dit comme ça, mais si tout le monde faisait bien attention à qui iel envoyait des *nudes*, on ne constaterait pas autant de débordements en termes de divulgation de contenus et de harcèlement qui en découle. Donc non, c'est pas parce que le/la destinataire a l'air « trop sympa » qu'iel est digne de confiance. Vu les témoignages, les personnes malveillantes sont particulièrement convaincantes concernant leur bonne foi, donc sois prudent·e. Pas de *nude* à quelqu'un que tu n'as jamais rencontré, pas de *nude* à quelqu'un que tu ne connais que depuis quelques semaines, et pas de *nude* non plus si, au fond de toi, il y a une petite voix qui te dit que tu ne le sens pas. D'ailleurs, si tu commences à te dire des trucs du style « Mais si je ne lui envoie pas de *nude*, iel va arrêter de me parler », clairement c'est un maxi *red flag* : tu prends tes jambes à ton cou et tu n'envoies surtout rien. Jamais.

> **N'envoie que du contenu que tu te sens capable d'assumer *au cas où* ça sortirait.**

Troisièmement, et pour moi c'est la règle la plus essentielle à ne jamais enfreindre, n'envoie que du contenu que tu te sens capable d'assumer *au cas où* ça sortirait. Par exemple, envoyer un *nude* en maillot de bain, c'est potentiellement moins difficile à assumer qu'une vidéo de toi qui te masturbes. Ça peut paraitre con dit comme ça, mais on n'est jamais trop prudent·e, surtout par les temps qui courent. Même si tu as bien suivi les deux premiers conseils, imagine juste, si un·e de tes destinataires se fait pirater son Snap, son Insta, ou même voler son téléphone avec des photos compromettantes de toi à l'intérieur… Si tu as bien respecté ce point numéro 3 auparavant, au pire tu seras un peu embarrassé·e, mais pas traumatisé·e. Et ça, ça me parait de très loin le plus important. Il vaut mieux prévenir que guérir, comme dirait l'autre.

Conclusion, s'il est question d'envoyer un *nude*, sois sûr·ure d'en avoir envie, de ne pas te sentir obligé·e, et surtout fais-le intelligemment. Si tu respectes bien ça, aucune raison que ça se passe mal.

“CONTRACEPTION ET PROTECTION”

Avant de commencer, petit point définitions.

Une « contraception » te permet seulement d'éviter un risque de grossesse non désirée. Par exemple, la pilule contraceptive, l'anneau contraceptif, le spermicide, l'implant, le stérilet au cuivre ou hormonal sont autant de méthodes qui permettront d'empêcher un spermatozoïde de féconder un ovule, et donc de fabriquer un bébé que vous n'auriez pas désiré.

« La règle, c'est ton corps, ton choix, et ce n'est pas négociable. »

Une « protection » protège des maladies sexuellement transmissibles (MST) et infections sexuellement transmissibles (IST). Parmi elles, tu as sans doute entendu parler des chlamydias, de l'herpès, du VIH (qui, pour le coup, est un virus, m'enfin t'as compris), de la syphilis et autres noms qui font peur. Ils font peur et pour cause, il suffit d'un rapport pour se contaminer, que ce soit un rapport uniquement sexuel, anal, ou oral. C'est pour cette raison qu'on te rabâche en permanence qu'il faut se protéger. Pour vous protéger, vous pouvez utiliser le préservatif masculin, qui est aussi un moyen de contraception, le préservatif féminin, etc. Si toi et taon partenaire souhaitez vous débarrasser du préservatif, la seule solution possible pour arriver à ce point sans danger est de faire chacun·e une prise de sang afin de constater si vous êtes porteur·se·s ou non de MST, IST ou autres virus pas cool, et si les bilans sont négatifs - donc s'ils disent que vous n'avez rien -, vous pouvez enlever le préservatif.

Malgré ça, attention : ce n'est pas parce que vous n'êtes porteur·se·s ni de MST, ni d'IST, ni de virus que le risque de grossesse non désirée n'existe plus ! Dans un rapport homosexuel, aucun souci sur ce plan bien entendu, mais lors d'un rapport hétérosexuel, il est essentiel que vous continuiez d'utiliser une contraception.

71 / MES PARENTS NE VEULENT PAS QUE JE PRENNE LA PILULE, QUE FAIRE ?

J'avoue, je savais pas si je devais mettre cette question dans la partie « Quand les parents s'en mêlent » ou dans « Contraception et protection ». Comme tu le vois, on se pose de grandes questions quand on écrit un livre - lol.

Comme je l'ai expliqué longuement dans la partie sur les parents, ta vie sexuelle t'appartient et tu n'as besoin de la permission de personne pour t'envoyer en l'air à condition que tout cela reste dans la légalité. De la même façon, le fait d'utiliser une contraception ne dépend pas de la volonté de tes parents, tou·te·s dévoué·e·s soient-iels et même s'iels pensent bien faire. Comme tu le sais, la règle, c'est ton corps, ton choix, et ce n'est pas négociable. Ainsi, si tes parents refusent que tu prennes la pilule contraceptive, ou seulement de te donner des sous pour consulter un·e médecin ou pour te fournir des préservatifs, la bonne nouvelle, c'est qu'on s'en fout, parce que t'as pas besoin d'elleux, ni de leurs sous pour ça. C'est dans ces situations-là qu'on se rend compte qu'en France on a quand même de la chance : il existe dans notre pays une solution merveilleuse qui s'appelle le Planing familial. C'est un mouvement militant qui prend en compte toutes les sexualités, défend le droit à la contraception, à l'avortement et à l'éducation à la sexualité. C'est un lieu ouvert à tou·te·s sans aucune exception qui va te permettre de profiter de consultations gratuites et anonymes avec un·e médecin, de te faire prescrire gratuitement la pilule si tu le souhaites, et éventuellement de récupérer gratuitement des préservatifs si besoin. En d'autres termes, si tes parents ont décidé de faire pression sur toi pour t'empêcher de disposer librement de ton corps, le Planning familial est ton ami.

Au-delà de t'accompagner médicalement pour le choix de ta contraception, le Planning familial peut aussi être une solution d'accompagnement en cas de grossesse non désirée ou d'interruption volontaire de grossesse (IVG).

72 / COMMENT ÇA SE PASSE POUR ALLER AU PLANNING FAMILIAL ?

Déjà, comme je le disais dans la question précédente, sache que c'est ouvert à tou·te·s. Que tes parents fassent pression pour t'empêcher d'avoir des rapports sexuels ou que tu n'aies seulement pas envie d'aller les voir pour leur demander des sous pour aller chez le/la médecin, tu n'as aucune justification à fournir pour aller au Planning familial. Quels que soient ton genre et ton orientation sexuelle, quel que soit ton âge, quelle que soit ta situation amoureuse, tu peux te présenter là-bas. Il suffit d'y aller aux heures d'ouverture, tu peux bien sûr venir accompagné·e de qui tu veux, et tu prends rendez-vous. Une fois que c'est fait, le/la médecin discute un peu avec toi, tu peux lui poser toutes les questions que tu souhaites, et vous choisissez ensemble une contraception qui te correspond. La pilule contraceptive est délivrée gratuitement ainsi que les préservatifs. D'ailleurs, tu peux aussi prendre rendez-vous si tu souhaites uniquement poser des questions.

Pour trouver le Planning familial le plus proche de chez toi, tu peux évidemment utiliser Internet, et tu peux même téléphoner au 0800 08 11 11 qui est le numéro vert du Planning familial, soit pour te renseigner, soit pour carrément poser tes questions sur la sexualité, la contraception, la grossesse, l'IVG ou autre. C'est un numéro anonyme et gratuit.

Point actualité : afin de faciliter l'accès des jeunes femmes à la contraception, la prise en charge intégrale des frais liés à la contraception concerne désormais toutes les femmes jusqu'à l'âge de 25 ans et non plus seulement les mineures, comme c'était le cas auparavant. C'est ce qu'a annoncé le ministre de la Santé, Olivier Véran, le 9 septembre 2021.

Depuis le 1er janvier 2022, l'Assurance maladie prend en charge à 100 % et sans avance de frais le cout de la contraception et les actes qui y sont liés (une consultation par an avec un·e médecin ou une sage-femme et les examens biologiques potentiels[1]).

73 / QUEL GENRE DE CONTRACEPTION UTILISER POUR LES RELATIONS SEXUELLES LESBIENNES ?

C'est une question qui revient très souvent. Comme je le disais dans l'intro, si tu souhaites te protéger des MST, IST et autres virus, il faut utiliser un préservatif, qu'il soit féminin ou masculin. Mais quid du cunnilingus ? Il faut aussi se protéger à ce moment-là, mais comment ? La réponse se trouve dans un terme encore trop peu connu : la digue dentaire. Il s'agit d'un carré de latex que tu places entre la bouche et la vulve des partenaires au moment de faire un cunni. Tu peux en trouver en pharmacie, ou sinon simplement découper un préservatif dans le sens de

1. Source : service-public.fr

la longueur. En cas de grosse pénurie, certain·e·s disent que tu peux aussi utiliser du film alimentaire, mais alors gare aux coups de dents qui pourraient l'endommager, le film alimentaire est moins résistant que le préservatif !

Nota bene : le cunnilingus n'est pas réservé aux lesbiennes ! Si taon partenaire est doté·e d'une vulve et te donne son consentement, libre à vous de vous adonner à ce plaisir !

74 / EST-CE QU'IL FAUT UN PRÉSERVATIF POUR FAIRE UNE FELLATION ?

De la même façon qu'il est essentiel de se protéger des MST, IST et autres virus sexuellement transmissibles lors d'un cunni, il est impératif de se protéger également lors d'une fellation, tout simplement parce qu'à partir du moment où il y a rapport sexuel, qu'il soit anal, vaginal ou oral, il y a un risque de transmission. Donc si vous n'êtes pas sûr·ure·s d'être négatif·ve·s tou·te·s les deux, protégez-vous !

75 / ÇA FAIT PEU DE TEMPS QUE JE PRENDS LA PILULE, EST-CE QUE C'EST NORMAL QUE J'AIE MES RÈGLES DEUX FOIS PAR MOIS ?

La pilule contraceptive est la méthode contraceptive féminine la plus utilisée en France. En résumé très grossier, il s'agit d'avaler tous les jours à heure fixe un comprimé contenant des hormones qui font croire à ton corps que tu es enceinte. Comme ton corps croit qu'il a démarré une grossesse, il s'empêche de féconder un nouvel ovule, et à plus de 99 % du temps, si tu la prends bien régulièrement et que tu ne vomis pas dans les deux heures après la prise d'un comprimé, ça fonctionne très bien.

Petit point réflexion féministe parce que ça ne fait jamais de mal d'ouvrir le débat : que penses-tu du fait que tant de femmes prennent une contraception à base d'hormones chaque jour alors qu'elles ne sont fécondes que quarante-huit heures dans le mois, pendant que ces messieurs, qui eux sont fertiles 100 % du temps, n'ont pas de contraception du même type à leur disposition ? À méditer.

Lorsque tu prends la pilule, tu l'auras compris, ton corps reçoit des hormones chaque jour à heure fixe, il n'est donc pas rare que tu puisses avoir des effets secondaires les premiers temps. Par exemple, certain·e·s auront des maux de tête, d'autres prendront du poids ou auront même quelques légers saignements les premières semaines. Pour en revenir à la question initiale, comme tu le sais, je ne suis pas médecin et je n'ai pas les compétences requises pour répondre à cette question. D'ailleurs, la réponse dépend de chaque corps et sera propre à chacun·e rencontrant ce souci. Malgré tout, si ce symptôme persiste, il est bien sûr nécessaire que tu consultes un·e médecin pour en parler et décider ensemble de ce que vous pouvez envisager pour résoudre ce problème. Parce que effectivement, dit comme ça, non, ça ne me parait pas normal que tu aies tes règles deux fois par mois. Je ne peux pas te répondre en tant qu'experte médicale, mais si j'étais ta grande sœur ou ta meilleure copine, je t'aurais vivement conseillé d'aller consulter. Selon tes symptômes et tes besoins, taon médecin te proposera peut-être d'attendre simplement, de changer de pilule, ou même de changer complètement de mode de contraception, s'il ne te correspond pas.

Dans tous les cas, dans ce type de situations, quand ça concerne ton corps et que tu sais pas trop, la meilleure option, c'est souvent de consulter un·e médecin ou un·e gynéco. Je sais qu'il est bien plus confortable de questionner ses ami·e·s sur la question ou de chercher des réponses sur Internet, mais on ne rigole pas avec ces choses-là, et encore une fois, comme la réponse dépend de chaque corps, il n'y a qu'un·e professionnel·le de santé qui pourra te donner une réponse fiable.

Si, pour quelque raison que ce soit, il est trop compliqué pour toi de retourner voir un·e médecin, sache que tu es le/la bienvenu·e au Planning familial pour rencontrer gratuitement et anonymement un·e médecin, on en parle dans la question « Comment ça se passe pour aller au Planing familial ? ».

76 / EST-CE QUE LES EFFETS SECONDAIRES DE LA PILULE SONT SI ALARMANTS ?

Le choix de ta contraception te revient à 100 % et notons quand même que les femmes ne sont pas les seules concernées par la contraception.

Si tu as un corps de femme, que tu choisisses de prendre la pilule, l'implant, le stérilet aux hormones, l'anneau contraceptif ou encore le patch contraceptif, sache que pour toutes ces solutions, il s'agit de prendre quotidiennement des hormones qui vont t'empêcher de tomber enceinte. D'ailleurs, toutes ces contraceptions hormonales ne sont délivrées que sur prescription médicale.

Comme il s'agit d'ingérer quotidiennement des hormones, il n'est pas rare que des effets secondaires pointent le bout de leur nez, surtout au début. De nombreuses études racontent qu'il est très dangereux de prendre des hormones, d'autres racontent que ça ne présente aucun risque, et toi tu es là, au milieu de tout ça, et tu te demandes ce qui est le mieux pour toi. La seule personne habilitée à répondre à cette question, c'est évidemment toi avec l'aide de taon médecin. Qu'est-ce que tu préfères, qu'est-ce qui te correspond le mieux ? C'est ça qui compte. Si tu fais partie des personnes qui sont inquiètes à l'idée de prendre des hormones, alors la pilule n'est peut-être pas la meilleure option pour toi. Si tu fais confiance aux laboratoires pharmaceutiques et que l'idée de prendre des hormones ne t'effraie pas, alors ne t'en prive pas. Au cas où tu choisirais une contraception aux hormones, n'hésite pas à te renseigner auprès de taon médecin pour connaitre les effets secondaires et à long terme. D'ailleurs, ces fameux effets dépendent de nombreux paramètres, notamment de ton hygiène de vie, de tes antécédents médicaux, etc. Certaines personnes auront de petits maux de tête passagers, d'autres d'atroces migraines, d'autres rien du tout. Certain·e·s auront des petits saignements, d'autres deux fois leurs règles par mois comme dans la question précédente, d'autres rien du tout. Des boutons peuvent aussi apparaitre ou disparaitre, ça peut influer sur ta pilosité, ton poids... Les effets secondaires dépendent de toi, de la contraception hormonale choisie et de la façon dont ton corps réagit à la contraception en question. Il en existe de nombreuses, dosées différemment, et il arrive parfois que tu doives en tester plusieurs avant de trouver celle qui te convient. Ce qui est sûr, c'est que les désagréments importants ne sont pas normaux et nécessitent que tu consultes rapidement un·e médecin afin de changer ta contraception.

77 / EST-CE QU'UN PRÉSERVATIF SUFFIT OU C'EST MIEUX DE PRENDRE AUSSI LA PILULE ?

Comme je le disais dans l'intro de cette partie, l'utilité du préservatif n'est pas la même que celle de la pilule. La pilule contraceptive te protège uniquement d'un risque de grossesse non désirée, mais ne te protège pas contre les maladies, virus et infections sexuellement transmissibles. En revanche, le préservatif, à condition qu'il soit utilisé correctement et qu'il ne soit pas endommagé pendant le rapport, te protège non seulement des MST, VST et IST, mais également d'une grossesse non désirée.

Si toi et taon partenaire n'avez pas fait de test sanguin afin de déterminer si vous êtes porteur·se·s ou non d'une MST, VST ou IST, alors il faut continuer d'utiliser le préservatif parce qu'il est le seul à vous en protéger. Si vous avez fait ce test et que vous êtes tou·te·s les deux négatif·ve·s, alors vous pouvez arrêter le préservatif à condition qu'aucun·e de vous n'ait de relation sexuelle non protégée avec un·e autre partenaire. Cependant, dans une relation hétérosexuelle, si vous arrêtez d'utiliser le préservatif et que vous ne souhaitez pas d'enfant, alors il vous faut impérativement une contraception, qu'il s'agisse de la pilule ou autre.

Petite précision au passage : le retrait n'est pas une contraception. Lors d'un rapport sexuel, l'éjaculation – souvent associée à l'orgasme chez l'homme – n'est pas le seul moment où les spermatozoïdes peuvent sortir. Le liquide séminal en contient également, bien que très peu, et peut être présent à tout moment du rapport. Aussi, si vous souhaitez éviter une grossesse non désirée en n'utilisant que le préservatif, il est impératif de l'utiliser du début à la fin du rapport.

Pour répondre précisément à la question : oui, un préservatif suffit, à condition qu'il soit utilisé du début à la fin du rapport et qu'il ne soit pas endommagé. Tu peux également prendre la pilule en *back-up* si tu le souhaites ; comme ça, en cas de rupture du préservatif, au moins vous serez à peu près sûr·ure·s de ne pas être confronté·e·s à une grossesse non désirée – on ne peut jamais parler de certitude à 100 % même si, honnêtement, il faudrait vraiment être malchanceux·se pour qu'une grossesse se déclare alors que vous utilisez une contraception et le préservatif !

78 / EST-CE QU'IL FAUT SE PROTÉGER POUR LES PRÉLIMINAIRES ?

À partir du moment où il y a un rapport sexuel, qu'il soit anal, vaginal ou oral, il y a un risque de transmission de MST, VST, IST ou autre petit cadeau sympa du genre. Aussi, il est impératif de se protéger tout au long du rapport et même pendant les préliminaires en utilisant un préservatif masculin ou féminin, ou une digue dentaire lors d'un cunnilingus.

Concernant le risque de grossesse, comme tu le sais, pour qu'il y ait fécondation, il suffit qu'un seul spermatozoïde rencontre un ovule. Aussi, pour éviter tout risque si vous ne prenez pas de contraception, il vaut mieux se protéger à l'aide d'un préservatif tout au long du rapport.

79 / SI LE PRÉSERVATIF CRAQUE, QUE FAIRE ?

Il existe de nombreuses raisons pour lesquelles un préservatif peut craquer. Soit le préservatif est endommagé, il était peut-être trop vieux ou mal conservé, il est possible qu'il ait été mal mis, que vous ayez utilisé un lubrifiant incompatible avec le préservatif en question, que vous y soyez allé·e·s trop fort, que vous manquiez de lubrification... Bref, si vous vous rendez compte que le préservatif est endommagé avant la fin du rapport, prenez le temps de le remplacer immédiatement avant de continuer. Si vous vous en rendez compte à la fin, bon ben y a plus grand-chose à remplacer !

Suite à ça, si ce n'est pas déjà fait, vous pouvez faire un test sanguin afin de savoir si vous êtes porteur·se·s d'une MST, IST ou autre virus sexuellement transmissible, histoire de savoir si vous êtes en danger et si, le cas échéant, il y a eu contamination. Attention, il est parfois nécessaire d'attendre plusieurs semaines avant de pouvoir constater une contamination par voie sanguine.

Concernant le risque de grossesse, si l'un·e de vous prend déjà une contraception – autre que le préservatif du coup puisqu'il vient de craquer – comme la pilule, le stérilet ou une contraception masculine – comme l'anneau contraceptif, le slip chauffant, la pilule masculine, encore méconnus du grand public –, sauf avis médical contraire, il n'est normalement pas nécessaire de prendre quelque chose en plus. Si aucun·e d'entre vous n'utilise de contraception, deux options s'offrent à toi : soit tu connais bien ton cycle menstruel et tu sais qu'il n'y a aucun risque de grossesse non désirée, auquel cas tu attends patiemment tes règles – risqué mais c'est toi qui décides –, soit tu prends la pilule du lendemain. Elle est disponible anonymement et gratuitement en pharmacie si tu es mineur·e, tu n'as pas besoin d'ordonnance pour te la procurer. Tu peux également la recevoir gratuitement sur demande au Planning familial.

Attention, la pilule du lendemain n'est pas une contraception de tous les jours, c'est une contraception d'urgence : elle est beaucoup plus forte que la pilule contraceptive normale et fait un peu l'effet d'un raz-de-marée dans ton corps. En cas de fécondation, son rôle est de tellement secouer tout ça que finalement il n'y aura pas de grossesse, donc tu imagines la puissance du truc – même s'il est précisé sur le site passeportsante.fr que « la pilule du lendemain prise plusieurs fois, même pendant le même cycle, ne présente pas de risques particuliers pour la santé. C'est la raison pour laquelle elle est en vente libre, sans qu'il soit nécessaire d'avoir l'ordonnance d'un·e médecin pour s'en procurer en pharmacie ». Si tu veux mon avis, il n'est surtout pas question de se dire « Oh allez, on n'a pas de capote, c'est pas grave, on prendra la pilule du lendemain ». Enfin tu fais comme tu veux bien sûr, mais il s'agit d'un dispositif médical qu'il ne vaut mieux pas prendre tous les quatre matins. Une vague d'hormones aussi importante dans ton corps, si c'est une fois par malchance, aucun souci, ça arrive et la pilule du lendemain est faite pour ça, mais si c'est tous les mois, c'est pas ultra malin, et surtout, c'est un gros indice qui montre qu'il est peut-être temps de te trouver une contraception adaptée.

Petit point important : au moment où on te donnera la pilule du lendemain, en pharmacie ou ailleurs, il est normal que le/la pharmacien·ne te fasse un petit laïus similaire à celui que je viens d'écrire à propos des risques, de comment la prendre, etc. En revanche, si la personne responsable de te la procurer se permet de te faire la morale, de te juger ou d'être désagréable, voire condescendante, cela n'est absolument pas normal. Tu n'as pas à subir de jugement, même (surtout) venant d'un·e professionnel·le de santé. Donc si ça t'arrive, ne te laisse pas démonter et n'hésite surtout pas à remballer cette personne qui outrepasse ses fonctions.

À retenir également sur la contraception d'urgence : si tu décides de la prendre, plus tôt c'est fait, plus tu as de chances qu'elle soit efficace. Si tu vomis dans les quelques heures suivant la prise du comprimé, retourne voir taon pharmacien·ne et explique-lui la situation, iel te dira s'il faut reprendre un comprimé ou non. Très important : un seul comprimé suffit et il faut impérativement respecter les doses prescrites. Comme je te le disais, c'est une dose suffisamment forte d'hormones qui vient secouer ton corps, il est inutile et dangereux d'en prendre plusieurs pour améliorer son efficacité ! Ne mets donc pas ta santé en danger bêtement – je précise parce que, des histoires là-dessus, je peux te dire que j'en ai reçu !

80 / EST-CE QUE LA PILULE DU LENDEMAIN COUTE CHER ?

Comme je le disais dans la question précédente, la pilule du lendemain est disponible anonymement et gratuitement en pharmacie si tu es mineur·e, tu n'as pas besoin d'ordonnance pour te la procurer, et tu peux également la recevoir gratuitement sur demande au Planning familial. Si tu ne peux pas aller la chercher dans un Planning familial et/ou que tu es majeur·e, le site de l'Assurance maladie précise qu'elle coute entre 3 et 7 euros en pharmacie.

81/ COMMENT SAVOIR SI JE SUIS ENCEINTE ?

Si tu as un corps féminin et que tu es sexuellement actif·ve, il est fort probable que tu te sois un jour posé la question de savoir si tu étais enceinte. Pour savoir si tu es enceinte, le premier point à observer, c'est ton cycle menstruel - d'où l'intérêt de t'y intéresser dès ton plus jeune âge pour mieux connaitre ton corps. Si tu as généralement tes règles aux mêmes intervalles à plus ou moins cinq jours, on considère ton cycle comme « régulier ». Il est normal, dans tes premiers cycles menstruels, de ne pas constater tout de suite cette régularité. Mais pour la suite, ça dépend des femmes. Certain·e·s sont réglé·e·s « comme du papier à musique », pour d'autres c'est un peu plus *freestyle*, là-dessus, on n'est pas tou·te·s égaux·les. Le retard de règles est donc le premier symptôme qui amène à penser que tu es peut-être enceinte. Attention, le retard de règles peut aussi être causé par beaucoup d'autres paramètres comme le stress, un choc émotionnel, ton alimentation ou encore ton hygiène de vie, et ne signifie pas forcément un début de grossesse.

Dans le doute, n'hésite pas à faire un test de grossesse. Tu peux en trouver à tous les prix - entre 1 et 30 euros -, que ce soit en pharmacie ou même en grande surface, et ils sont tous aussi fiables les uns que les autres, soit à 99 %. Pour maximiser la fiabilité de ton test, il est conseillé d'attendre la date supposée de tes règles, voire quelques jours plus tard, afin que l'hormone HCG - l'hormone de la grossesse - soit suffisamment présente dans ton corps pour être détectée dans tes urines. Avant la date supposée de tes règles, tu as moins de chances que le test soit fiable, tout simplement parce que la concentration d'hormones HCG n'est pas forcément encore suffisante pour être détectée dans tes urines. Ensuite, pour maximiser les chances de fiabilité du test, il est conseillé de faire ton test de grossesse sur le premier pipi du matin, qui sera plus concentré en hormones HCG en cas de grossesse et donc potentiellement plus fiable.

Si ton test est négatif, tu peux attendre quelques jours et refaire un test. Si, quelques jours plus tard, le test est toujours négatif mais que tu n'as toujours pas tes règles, tu peux attendre de nouveau une journée ou deux, ou faire une prise de sang. Les tests de grossesse sont fiables à 99 %, mais les prises de sang, elles, sont fiables à 100 %. Comme ça, si tu es particulièrement stressé·e, plus de doute.

82 / QUE FAIRE SI JE SUIS ENCEINTE ET QUE JE NE VEUX PAS GARDER LE BÉBÉ ?

Si tu réalises que tu es enceinte et que ce n'était pas prévu, il est temps de se questionner sur la suite : souhaites-tu garder ce bébé ou non ? C'est un choix très important, lourd de sens, que tu peux prendre seul·e ou avec taon partenaire. Quels que soient les avis des gens qui t'entourent, même les personnes les plus importantes à tes yeux, n'oublie pas que c'est ton corps, et donc ton choix. Les conseils non sollicités ne sont pas les bienvenus et d'ailleurs, tu n'as pas à en parler à tout le monde si tu ne le souhaites pas.

Si, après mure réflexion, tu souhaites garder ce bébé, il est temps de prendre rendez-vous chez un·e gynécologue ou un·e sage-femme.

Si tu souhaites interrompre ta grossesse, voici les étapes du processus : dans un premier temps, sache que le délai dont tu disposes pour faire ton choix est somme toute assez court, puisque tu n'as que quatorze semaines à compter de tes dernières règles pour procéder à une interruption volontaire de grossesse (IVG). Pour avorter, il n'y a pas de condition d'âge. En revanche, si tu es mineur·e, tu dois être accompagné·e d'un·e adulte de ton choix qui n'est pas obligatoirement un·e de tes parents. Tu n'as aucun frais à avancer pour ton avortement, tu n'as même pas besoin de présenter une carte vitale, tout est pris en charge par l'État, que ce soit en établissement public ou privé.

Deux consultations médicales sont obligatoires avant la réalisation d'une IVG. Pour la première consultation, tu peux t'adresser à un·e médecin ou un·e sage-femme de ton choix. Tu peux également passer par le Planning familial. Pendant cette première consultation, tu feras ta demande d'avortement, le/la professionnel·le de santé t'expliquera comment se déroule l'IVG, et si tu es mineur·e, tu devras obligatoirement passer un entretien psycho-social – qui n'est que facultatif si tu es majeur·e. Suite à cette première consultation, le/la professionnel·le de santé te délivrera une attestation de consultation médicale. Quelques jours plus tard a lieu la deuxième consultation médicale, qui te demandera de confirmer par écrit à taon médecin ou taon sage-femme ta demande d'avortement, après quoi on te délivre la deuxième attestation de consultation médicale. Suite à ça, on te donne une date et un lieu pour procéder à l'avortement.

L'avortement peut se dérouler de deux façons :

◊ La première est la méthode médicamenteuse. Elle ne peut avoir lieu que jusqu'à la septième semaine de grossesse. L'IVG médicamenteuse consiste à prendre un premier comprimé pour tuer l'embryon, puis un second comprimé pour l'expulser de ton utérus.

◊ La seconde méthode est l'IVG instrumentale ou chirurgicale. Elle nécessite une anesthésie locale ou générale afin d'aspirer l'embryon dans l'utérus.

Le choix de la méthode d'avortement dépend de l'âge de l'embryon. Les autres modalités seront décidées au préalable entre toi et le/la professionnel·le de santé.

Deux à trois semaines après l'IVG, une troisième et dernière consultation médicale dite « de contrôle » est nécessaire afin de vérifier que tout se passe bien dans ton corps et qu'il n'y a pas de complication.

Petit point important concernant l'avortement : quel que soit ton choix, tu n'as besoin de l'avis ni du jugement de personne si tu ne l'as pas demandé, qu'il soit positif ou négatif. C'est un choix qui n'appartient qu'à toi, parce que, encore une fois, c'est ton corps, ton choix. Avorter ne fait pas de toi quelqu'un d'égoïste, de méchant ou d'irresponsable. Au contraire, c'est même parfois la meilleure solution à prendre. Toi et toi seul·e peux décider si tu veux de cet enfant, si c'est le bon moment et si tu es capable de l'assumer ou non.

CONCLUSION

Pour être honnête, j'ai jamais trop aimé les conclusions. Déjà au lycée, quand il fallait faire une conclusion en histoire - matière que j'ai en horreur parce que j'y connais rien -, je me sentais un peu démunie, parce que j'avais le sentiment d'avoir déjà tout dit, alors pourquoi encore le répéter ?

Pour conclure.

OK.

Je ne sais pas si tu as eu l'occasion de lire tout ce livre d'une traite ou si tu as préféré piocher par-ci par-là dans quelques questions précises les conseils dont tu avais besoin. Quoi qu'il en soit, il y a quelques petites choses qu'il faut impérativement retenir, et qui s'appliquent à peu près à tout, tout le temps.

Souviens-toi que le respect, c'est pour tout le monde. Tu le dois aux autres de la même façon que les autres te le doivent, mais tu te le dois aussi et surtout à toi-même. Ça peut sembler évident, mais ça veut dire quoi, se respecter soi-même ? Ça veut dire s'écouter. S'assumer. Et pour ça, tu as besoin de savoir qui tu es : connaitre tes points forts, tes points faibles, et ne jamais en avoir honte. Les *assumer*. Tu dois aussi être capable d'identifier ce que tu veux vraiment, et ce que tu ne veux pas pour ensuite l'assumer pleinement et le mettre en place.

J'en parle souvent quand on me raconte une histoire d'amour déchu ; quand on me dit « Je suis si triste, cette personne ne me répond pas », ou alors « Cette personne ne veut pas être en couple avec moi », ou encore « Cette personne m'a quitté·e ». Je comprends bien entendu toujours la détresse qui va avec ces mots. Pour l'avoir vécu un certain nombre de fois, je sais comme ça peut faire mal. Mais si tu y regardes à deux fois, la seule raison pour laquelle on devrait vraiment être triste, c'est pour ce fameux espoir déçu. C'est ça qui fait vraiment mal, c'est l'espoir déçu. Parce que, pour le reste, ouvrons les yeux : si cette personne ne te répond pas ou ne veut pas ou plus de toi, ce dont il faut se souvenir, c'est qu'en réalité tu ne voulais pas non plus de cette personne. Tu ne voulais pas de quelqu'un qui ne voulait pas de toi. Tu ne voulais pas de quelqu'un qui ne te répondait pas. Tu ne voulais pas tout ça, alors pourquoi s'apitoyer ? La vérité, c'est que c'est « bon débarras » !

Tu vois, c'est aussi ça, s'assumer. Savoir ce qu'on veut vraiment et, par opposition, ce qu'on ne veut vraiment pas, et être capable de respecter tout ça. Pour ce faire, tu peux partir, tu peux arrêter une relation qui ne te convient pas ou seulement arrêter de répondre. Tu peux décider de ne plus jamais rencontrer cette personne qui de toute façon ne t'apporte pas ce que tu recherches. Se respecter soi-même, sa sensibilité, ses envies, ses besoins, s'écouter, ça passe aussi par ça. C'est aussi écouter cette petite voix intérieure qui souvent nous interpelle et nous dit : « Mmmmmh, je le sens pas, là. » Souvent, on est plus curieux·se qu'elle et on essaie quand même, on insiste, et à ça, je ne peux pas contre-argumenter, on l'a tou·te·s fait. Contrer une fois sa petite voix par curiosité, pourquoi pas ; deux fois par espoir, ça commence à puer ; trois fois par non-respect de soi… c'est qu'il faut lâcher.

Se respecter, s'écouter, c'est important pour ne pas avoir trop mal face à quelqu'un qui de toute façon ne nous correspondait pas, mais pas que. Se respecter, s'écouter, s'assumer, c'est aussi absolument essentiel dans tout ce qui touche à ta vie sexuelle, à ton intimité, à ta sensibilité et à ton intégrité physique. C'est important aussi avec tes ami·e·s, afin d'identifier qui sont réellement tes ami·e·s et qui sont celleux qui ne le sont potentiellement qu'en apparence et pourraient te jouer des tours. C'est important avec toutes les personnes que tu rencontreras, de toute façon.

S'écouter, se respecter, s'assumer, ça n'aide pas toujours à garder beaucoup de personnes dans nos vies, c'est vrai. Mais c'est aussi la clé pour n'être enfin entouré·e que de gens bien intentionnés qui veulent réellement notre bien et avec qui on pourra avancer, évoluer, nous épanouir, grandir.

Bon courage, mon petit.

TABLE DES MATIÈRES

Avant-propos 13

QUAND T'AS ZÉRO EXPÉRIENCE 15

1/ Comment se passe le premier bisou ? 16
2/ Que faire après le premier bisou ? 17
3/ Que faire si j'essaie d'embrasser quelqu'un et que je me prends un râteau ? 18
4/ J'ai 17 ans et je n'ai encore embrassé personne, suis-je normal·e ? 19
5/ Comment peut-on savoir si on est vraiment amoureux·se ? 20
6/ J'ai 25 ans et je suis toujours puceau·elle, suis-je normal·e ? 22
7/ Comment savoir si je suis prêt·e ? 23
8/ Comment connaitre mon orientation sexuelle ? 25
9/ C'est quoi l'asexualité ? 27
10/ Et si, au final, j'ai trop peur de le faire ? Et si j'ai peur toute ma vie ? 27
11/ Comment savoir si je sens mauvais ? 30
12/ J'ai 13 ans, je n'ai pas encore eu mes règles, ça me complexe beaucoup, que faire ? 31
13/ Je n'ose pas mettre un tampon, je ne comprends pas comment ça rentre ? 32

L'ART DE LA SÉDUCTION........ 35

14/ Je suis obsédé· à l'idée d'être en couple, est-ce normal ?................. 36
15/ Comment plaire et être séduisant·e ?......... 37
16/ Comment savoir si on plait à quelqu'un ?... 43
17/ Je ne plais jamais à personne, j'en ai marre... 47
18/ Comment changer son style de séduction si celui qu'on a naturellement ne fonctionne pas ? 53
19/ Comment proposer un *date* ?........................... 55
20/ Comment se passe un premier *date* ?............ 60
21/ Que faire si je me rends compte que je ne suis pas intéressé·e par mon *date* ou que je ne l'intéresse pas ?................................... 63
22/ Comment relancer de façon naturelle après un premier *date* ?............ 65
23/ Comment proposer à l'autre de se mettre officiellement en couple ?........................ 67
24/ J'ai rencontré quelqu'un de super mais iel est puceau·elle, que faire ?..... 71
25/ Une première fois avec une autre personne est-elle comparable à la « vraie » première fois ? 72
26/ Pourquoi on préfère les connard·sse·s ? 73
27/ Maon meilleur·e ami·e prend plus soin de moi que maon copain·ine, que faire ? 76

SEXE : LES PREMIÈRES FOIS............................ 79

28/ Suis-je obligé·e d'être en couple pour faire l'amour ?............................ 80
29/ Comment savoir quoi faire pour les premiers préliminaires ?................. 80
30/ Faut-il s'épiler avant de faire l'amour ?............ 82
31/ Je n'ai pas de jolie lingerie, est-ce que c'est grave ? 85
32/ Comment aborder la question de la sexualité avec maon copain·ine ?.... 86
33/ Comment se mettre soi-même et l'autre à l'aise avant sa première fois ?... 88

34/ Comment savoir si c'est la bonne personne ?.. 94
35/ Comment se lancer pour le premier rapport ?.. 97
36/ On n'a pas encore couché ensemble parce qu'iel a peur de ne pas tenir longtemps. Des conseils ?.................. 99
37/ Quelle(s) position(s) faut-il faire ?..................... 101
38/ Quelle position est celle qui fait le moins mal ?.................. 103
39/ Est-ce que faire sa première fois avec un·e ami·e est une bonne idée ?................................ 105
40/ Est-ce que je peux faire l'amour (ou ma première fois) un jour où j'ai mes règles ?.......... 107
41/ J'ai fait ma première fois avec un coup d'un soir et j'ai peur du jugement... 108

QUAND T'AS PEUR 111

42/ Est-ce que c'est grave d'avoir déjà fait des préliminaires à 14 ans ?.. 112
43/ J'ai peur de faire mal à maon copain·ine pour sa première fois, comment faire ?............... 113
44/ J'ai peur de me mettre totalement nu·e devant maon copain·ine, *help* !.................................. 115
45/ J'ai peur du jugement de l'autre lors de ma première fois, *help* !......... 120
46/ Est-ce que le fait d'avoir peur peut empêcher la pénétration ?.................... 125
47/ Comment faire pour rassurer maon copain·ine un maximum ?................. 126
48/ Je n'ai jamais osé embrasser parce que j'ai peur de mal faire, d'être maladroit·e............ 127
49/ Pourquoi c'est la honte de n'avoir aucune expérience ?...................... 129
50/ Comment reconnaitre une relation toxique ou abusive ?........................... 131
51/ Comment sortir d'une relation toxique ?.............. 136
52/ Comment aller au-delà du sentiment de culpabilité de quitter quelqu'un ?........ 140
53/ Comment quitter quelqu'un ?........................ 144
54/ Comment se remettre d'une rupture après sa première vraie relation de couple ?......................... 146

55/ Est-ce que c'est normal de toujours espérer se remettre avec son ex après une rupture ? 152
56/ Première fois en couple, comment on fait pour arrêter de regarder les autres gars ?... 153
57/ J'ai peur que mon mec/ma meuf me trompe, que dois-je faire ? 155

QUAND LES PARENTS S'EN MÊLENT 159

58/ Est-ce qu'il faut dire à ses parents qu'on a fait/qu'on va faire sa première fois ? 160
59/ Mes parents ne veulent pas qu'un mec/une meuf dorme chez moi jusqu'à mes 18 ans, que faire ? 164
60/ Mes parents ne sont pas du tout ouvert·e·s sur la question, et du coup ça me stresse, comment faire ? 166
61/ Où faire sa première fois si on ne peut pas la faire chez soi ? 168
62/ Comment dire à mes parents que je suis en couple ?........................ 170
63/ Comment présenter quelqu'un à mes parents pour la première fois ?.... 171

QUAND T'ES UN PEU PLUS À L'AISE 175

64/ Est-ce que c'est normal d'avoir souvent envie de se masturber ? 176
65/ Premier plan cul : comment se sentir à l'aise quand on ne connait pas la personne ? 177
66/ Est-ce que la première sodomie fait mal ?............. 178
67/ Est-ce qu'on est obligé·e de faire une fellation/un cunni ? 180
68/ Est-ce qu'il faut avaler le sperme ou pas ?............. 182
69/ Que faire du sperme si on ne l'avale pas ?........ 183
70/ Un mec/une meuf me demande des *nudes*, est-ce que c'est une bonne idée de lui en envoyer ?.... 183

CONTRACEPTION ET PROTECTION 189

71/ Mes parents ne veulent pas que je prenne la pilule, que faire ? 191

72/ Comment ça se passe pour aller au Planning familial ? 192
73/ Quel genre de contraception utiliser pour les relations sexuelles lesbiennes ? 193
74/ Est-ce qu'il faut un préservatif pour faire une fellation ? 194
75/ Ça fait peu de temps que je prends la pilule, est-ce que c'est normal que j'aie mes règles deux fois par mois ? 194
76/ Est-ce que les effets secondaires de la pilule sont si alarmants ? 196
77/ Est-ce qu'un préservatif suffit ou c'est mieux de prendre aussi la pilule ? 197
78/ Est-ce qu'il faut se protéger pour les préliminaires ? 198
79/ Si le préservatif craque, que faire ? 199
80/ Est-ce que la pilule du lendemain coute cher ?.... 201
81/ Comment savoir si je suis enceinte ? 202
82/ Que faire si je suis enceinte et que je ne veux pas garder le bébé ? 203
Conclusion 207
Table des matières 211
Remerciements 217

REMERCIEMENTS

Je remercie toutes les personnes, notamment mes abonné·e·s, qui me suivent depuis tant d'années et m'accompagnent dans toutes mes aventures.

Je remercie particulièrement mes abonné·e·s de diamant, qui me soutiennent de toutes les façons possibles et imaginables au quotidien.

Je remercie Jeremy, pour son écoute précieuse, sa patience, sa bienveillance, et surtout sa présence, sans lesquelles rien de tout ça ne serait possible.

Je remercie Inès et Livia, dont les avis, conseils et encouragements m'ont été précieux.

Je remercie Stéphanie Chabert d'avoir eu la merveilleuse idée de me proposer ce voyage.

Je remercie Élodie Bourdon et Mélissa Lagrange, dont l'entrain et la bonne humeur m'ont donné confiance en moi et m'ont accompagnée dans la réalisation de cet ouvrage.

Je remercie Muriel Villebrun pour la relecture de cet ouvrage, ses avis et ses conseils à propos.

Je remercie les éditions Larousse de m'avoir fait confiance et d'offrir à mes idées une chance d'être lues et partagées à un public nouveau.

Composition et mise en pages
Nord Compo à Villeneuve-d'Ascq

PAPIER À BASE DE FIBRES CERTIFIÉES

LAROUSSE s'engage pour l'environnement en réduisant l'empreinte carbone de ses livres. Celle de cet exemplaire est de :
900 g éq. CO_2
Rendez-vous sur www.larousse-durable.fr

Achevé d'imprimer en Espagne
par Unigraf
Dépôt légal : mai 2022
328638/01 - 11047293 - février 2022